AF441786

الإهـداء

إليكِ روح..
وحدكِ تستحقّين أولى كتاباتي...

لبنى ناصيف عبيد

اعتِرَافَاتٌ غَيْرُ قَابِلَةٍ لِلغُفْرَان

AUSTIN MACAULEY PUBLISHERS™

LONDON • CAMBRIDGE • NEW YORK • SHARJAH

الرقم الدولي الموحد للكتاب 9789948452393 (غلاف ورقي)
الرقم الدولي الموحد للكتاب 9789948452386 (كتاب إلكتروني)

رقم الطلب: MC-10-01-6467627
التصنيف العمري: E

تم تصنيف وتحديد الفئة العمرية التي تلائم محتوى الكتب وفقا لنظام التصنيف العمري الصادر عن المجلس الوطني للإعلام.

الطبعة الأولى (2021)
أوستن ماكولي للنشر م. م. ح
مدينة الشارقة للنشر
صندوق بريد [519201]
الشارقة، الإمارات العربية المتحدة
www.austinmacauley.ae
‎+971 655 95 202

أيُّها الكاتب.. لا تعْتذر عمّا كتبْتَ ولا عمّا فعلْت..

لا تخشَ ما ستكتُب..

ليكنْ هذا قرارك وأنتَ تُشْرعُ في كتابٍ جديد..

(محمود درويش – أحلام مستغانمي: شهيّاً كفِراق)

تماماً يبدو كأي صباحٍ آخر، لا شيءَ فيه مُختَلِف، أستيقظُ في نفسِ التّوقيتِ كلَّ يوم، قَهْوة بِلا سُكَّر وسيجارتَان. بصَمْتٍ وسلامٍ أحِبُّ أن يبدأ يومي، لا أغانٍ لِفيروزٍ ولا صوتُ العصافيرِ أهواه، الهُدوءُ وحدهُ ما كان يلْزَمُني في هذا العالَمِ الصّاخب.

أتأمَّلُ هذي الصّحاري المُمتدّةِ بلا حُدود، بِحارٌ من رملٍ وأحلامٍ، كيفَ تمكّن النّفطُ من تحويلها إلى جنّةٍ وخيال، ونحنُ في بلادِنا جنّاتٌ وأنهارٌ وبدائعَ من صُنْعِ خالِقٍ عظيمٍ، صارتْ مجرّد ذكرى محبوسةٍ بإطارٍ مزخرفٍ، معلّقةٍ فوق نصفِ جدارٍ متهاوٍ فوق بقايا الحربِ والدّمار....

أُراقِبُ طوابيرَ السّيّاراتِ تتزاحمُ وتتراصص، الكُلُّ مُسْتعجِلٌ للوصولِ إلى عملهِ كأنّهُ يومهُ الأخير، الكُلُّ على موعدٍ مع التّعبِ والكَدِّ وقائمةٍ طويلةٍ من المَهامِ والمسْؤوليّات.. لا دلالَ في وطنٍ لا ننتمي لهُ، في وطنٍ مهما حاولنا التّشبّثَ فيهِ تبقى جذورنا

فيهِ كهذي الأشجار، سطحيّةً ضعيفةً تقتلِعها الرّيحُ بكُلِ بساطةٍ إن شاءت، وتُنصَبُ غيرها من جديد.

غرباءٌ نبقى في هذا الوطنِ الّذي يرفضُ منحنا حقَّ الانتماء، أسماؤنا محفوظةٌ في حواسيبهِ تُمْحى بِضغطةِ زرٍّ، نعودُ بعدَها إلى حيثِ كنّا معَ حُطامِ أحلامنا، أو نُواصلُ التّشرُّدَ في هذا العالَمِ الكَبير.

وفجأةً قاطعَ السُّكونَ قرْعٌ خفيفٌ على بابي، وذلكَ أمْرٌ لا يحْدثُ في العادة، لسْتُ مِنْ هُواةِ "الصّباحاتِ النّسائيّةِ" والثّرثراتِ الفارِغة! ولمْ أعتَدْ على حُضورِ ضيْفٍ مِنْ غيرِ اتّصالٍ مُسْبَق.

نهضْتُ عن الكَنَبِ بِتثاقُلٍ ولا زالتْ أشباحُ النّومِ تَعْبَثُ بِجُفْنَيّ، مُرْهقةً منَ السّهرِ أمامَ حاسُوبي، مُدْمنةً على عَملي دُونَ تَمييزٍ بينَ اللّيلِ أوِ النّهار.

فتحْتُ البابَ وإذ بِها تَقِفُ أمامي كما يقِفُ المَحكُومُ بالإعْدامِ على كُرسيّ الشّنْقِ، يَبْدو مَظهرُها شَديدَ الشُّحوبِ، عينَاها مُرهَقتانِ ومُنْتفِختانِ كأنَّ نوماً لم يَزُرْهُما مُنْذُ ألْفِ عام، وغصّةٌ في حُنجرتِها شَعَرْتُ بِها تُؤْلم حُنْجَرتي..

(رُوح) جارَتي في العَمارةِ، لا أعرِفُها حقّ المعرِفةِ، صادَفتُها بِضْعِ مَرّاتٍ في حديقة العمارة عندما كانتْ تَصْطَحِبُ أطفالَها

لِلَّعِب، هيَ أُمٌّ لِثلاثةِ أولاد، صبيَيْنِ وبنْت، أصغرْهما في الصّفِّ الأوّلِ، وأكْبرْهما يبدو كأنّهُ على أعْتابِ المُراهقة.

كانتْ تبْدو فيما سَبَق رقيقةً هادِئةً دائمةَ الابْتسامِ، تُحاولُ قَدْرَ الإمْكانِ تجنُّبَ الاخْتلاطِ بالآخرين، وتكتفي بالجُلوسِ على مقْعدٍ مُقابلَ ألعابِ الأطفالِ تُراقبِهم وتُلاعبَهم أحياناً، تُشبِهُني إلى حَدٍّ ما في ذلك. صُدْفةٌ ما قدْ جَمعتْنا مَرّةً تبادلْنا فيها أطْرافَ الحَديثِ، عَرَفْتُ مِنْ خِلالِه أنّها مُوظّفةٌ في مَصرِف، وتسْكنُ في عمارتِنا مُنْذُ سِتّةِ أعْوامٍ، ولكنّها قلّما كانتْ تنْزِلُ إلى الحديقةِ أوْ تُخالِطَ الجيران.

كانَ حديثُها معي مُقْتَضَباً، تكْتفي بالإجابةِ عنْ أسْئِلَتي بأقلِّ قدْرٍ من الكَلماتِ، وتُفضّلُ الصَّمْتَ على فَتْحِ مواضيعَ قَدْ تَقودُها إلى ما لا تَرْغبُ بالكلامِ عَنْهُ، ويبْدو أنّها لمْ تكُنْ ترغبُ أصْلاً بأيِّ كلامٍ، ولذلكَ فَقدِ احْترمْتُ رغبتَها في الانْفْرادِ بنفسِها ولمْ أعُدْ أتطفّلُ على سُكُونِها.

رأيتُها مَرّةً أخرى بَعْدَ بِضْعةِ شُهُورٍ، لمْ تكُنْ تبْدو كَعادَتِها، لمْ تنْهضْ عنِ المِقْعدِ وتُلاعبْ أطْفالَها كما كانتْ تَفْعلُ سابقاً، ولمْ يبدُ وجْهُها مُشْرِقاً كعادَتِه جميلَ المُحَيّا، بل بدتْ هذهِ المرّةَ مُخْتلِفةً جِدّاً، ولكنّني لمْ أزعِجَها بفُضولي وأسْئِلَتي، فاكْتَفيْتُ بِتَحيِّتِها مِنْ بَعيدٍ ومضَيْتُ بعيداً عنْها.. ورُبّما كانتْ تِلْكَ هيَ المرّةَ

الوحيدة الّتي أرادتْ بِها أنْ تُكلّمَني، أنْ تَبوحَ بِكُلِ ما في أعْماقِها، لكنّها لمْ تلْقَ اهتِماماً مِنّي فانْكَفَأتْ على نَفسِها مِن جَديد.

اليومَ جاءَتْني كَمَيّتٍ تاهَ مِن عالَمِهِ حتّى وصَلَ إلى عالَمِ الأحياءِ الّذي ينْتمي إلَيْهِ، أخافَتْني بِشِدّةٍ حتّى شَعَرْتُ نفسي عاجِزةً عنِ الكلامِ، قاطَعَتْ صَمْتي ودَهْشَتي بِابْتِسامةٍ باهِتَةٍ مُرْهَقَةٍ وتَحِيّةٍ بِالكادِ سَمِعْتُها، ثُمَّ قالتْ:

- صباحُ الخَيْر.

- صباحُ النّورِ رُوْح، تَفَضّلي..

- لا شُكْراً، لا أسْتطيعُ الدُّخولَ الآن، ولكنّي أُحْتاجُكِ في أمرٍ ما.

- ما هوَ؟ كَيْفَ يُمكِنني مُساعَدَتْكِ عَزيزتي؟

- أنتِ كاتبةٌ في مواقِعِ التواصلِ الاجتماعيّ، ألَيْسَ كَذلِك؟

- نَعَم.

مدّتْ يَدَها المُرْتَجِفة وناوَلَتْني دفْتراً أزرقَ صَغيراً، كانتْ مُتردِدَةً جِداً كأنّها تُسَلّمَني وَثيقةً سِرّيّةً شَديدةَ الخُطورةِ، ثُمَّ تابَعتْ:

- هَذا شيءٌ ما كتبتُهُ، تجربتي الأُولى في الكتابة، لمْ أكْتُب مِنْ قَبْلِ ولا أعْرِفُ كَيْفَ أقُومُ بِنَشرِ ما كَتَبْتُ، تذكّرْتُ أنّكِ قَدْ

أخْبَرْتِني سابِقاً عنْ مَجالِ عملِكِ، فَجِئْتُكِ اليومَ علّكِ تقْرأينَ، وتنْشُرين إنْ كانت تستحقّ.

- لا بأْسَ رُوْح.. سأفْعل إن شاءَ الله.. سأقْرؤهُ الآنَ؛ فلا شَيءَ لديّ لأفْعلهُ اليوم، وأُخْبِرُكِ لاحِقاً بِمُلاحظاتي إنْ رَغِبْتِ.

- شُكْراً لكِ.. طابَ يوْمُكِ..

مضَتْ بَعيْداً عنّي تاركةً إيّايَ في دَهْشَةٍ وذُهُولٍ، خُيِّلَ إليّ كأنّي سَمِعْتُ عَشراتِ الغُرْبانِ تنْعقُ في المكانِ، شَرٌّ ما يَكادُ يَفْضحُ نَفْسَهُ.

عُدْتُ إلى فِنْجاني أحملُ هذا الدّفْتر المُخيفِ، وشرعْتُ بِقِراءَتِهِ على وَجَلٍ:

إِلَيْهِ سَأَكْتُبُ أُولى رِواياتي.. وآخِرَها

لقدْ كانَ والِدي مُحِقّاً عِندما شَجّعني على الكِتابةِ كثيراً، رغْمَ أُمّيّتَهِ وقُدْرَتِهِ المَحدودةِ على القِراءةِ، إلّا أنّهُ كانَ شديدَ الاهْتمامِ بالثّقافةِ، يُتابِعُ جميعَ الأَخْبارِ السّياسيّةِ والاقْتصاديّةِ والثّقافيّةِ في التّلفاز، ويطلبُ منّي أنْ أقرأَ لهُ جريدتهُ اليَوميّةِ، ويُناقِشْني بِمُحْتوياتِها بِكلِّ ما لديهِ مِنْ مَعْلوماتٍ مُتواضِعة. لمْ يُسْعِفهُ قَدَرُهُ في مُواصلةِ تَعليمِهِ بِسبب ظُروفٍ عائليّةٍ واجْتماعيّةٍ قاهِرة، لكنَّ ذلِكَ لمْ يُثْنِهِ عن إصْرارِهِ واهْتمامِهِ بِمُتابعةِ كلِّ ما قدْ فاتهُ ولو بأقلِّ قدْرٍ مُمْكن.

كانَ يعْشقُ مَوهِبتي في صِغَري، ويَطْلبُ منّي أنْ أقُصَّ على مَسْمعِهِ كلَّ ما أَكْتبهُ، يُثْني على الجَميلِ مِنْهُ ويُثريني بِملاحظاتِهِ لِتحْسينِ ما قدِ الْتمسَ فِيهِ ضَعْفاً. احْترمَ رغْبتي في المُحافظةِ على خُصوصيّةِ كِتاباتي عِنْدما كَبِرْتُ، واسْتمرَّ بِتَشْجيعي على مُواصَلةِ الكِتابةِ مَهْما كانَ ما أَكْتُبهُ أو عَمَّ. المُهمّ أنْ أَسْتمرّ.. آمَنَ فيَّ أَكْثَرَ مِمّا قدْ آمنْتُ بِنفْسي..

وحتّى عِندما توقّفتُ عنِ الكِتابةِ واسْتسلمتُ، لم يسْتسلمْ هوَ، ظَلَّ مُؤمِناً بأنَّ شَيئاً عَظيْماً سَيُبْصِرَ النّورِ مهْما اسْتمرَّ في اخْتبائِهِ. اعْتنى بِشدّةٍ بهذا الجنينِ الّذي طالَ امْتلائي بهِ، لم أعرِفْ أبداً متى سَيكونُ موعِدُ وِلادَتي ولا كَيْف، ولم أُفكِّرْ أيّ جنينٍ قَدْ أُنْجِب، طالتْ رِحلةُ الحَمْلِ كأنّها أبداً لنْ تنْتَهي... حتّى جاء هُوَ.. طبيبي الّذي ساعَدَني أخيراً على وضْعٍ.. رِوايتي الأُولى.. رِوايتي الّتي انْتظرها أبي طَويلاً.. وليْتَهُ لمْ يَفْعلْ...!

احْتجْتُ إليهِ لكي أكْتُب، عنِ الحُبّ، عنِ الوحْدةِ، عنِ الضّياعِ، عنْ خَوْفي، عنْ تَشَتُّتي وضَعْفِ إيماني.. احْتجْتُ إليهِ ليكونَ قَلمي وحِبْري وأوراقي وكلَّ أفْكاري.. لِيحَرِّرَني منْ سِجْنِ الكَلِمات..

احْتجْتُ إليهِ كي أبوحَ بِكُلِّ تِلْكَ الأسْرارِ الّتي كانتْ تُغرِقُني في شيءٍ ما لسْتُ أفْهَمَهُ، شيءٌ لا قَعْرَلهُ ولا نِهاية، أعجزُ عنِ انْتِشالِ نفْسيَ مِنْه، أنا امْرأةٌ لمْ تُتْقِنِ العَوْمَ يوْماً..

نَعَم.. ستَكونُ رِوايتي هذي.. اعْترافاتي.. (اعْترافاتٌ غَيْرُ قابلةٍ للغُفْران).

«أجملُ المشاعرِ، وأكثرُ النصوصِ قراءةً، يُلهِمُنا إياها الغرباءُ الذين لا أملَ من رؤيتِهم مُجدداً».

أحلام مستغانمي

مَخاضٌ عَسيرٌ

السّاعةُ الآنَ الخامِسةَ صَباحاً، لمْ أنمْ بَعْدُ، أعْجزُ عنِ النّومِ مُنْذُ ليالٍ عِدّةٍ، كُلّما وضعْتُ رأسيَ على وِسادتي أصْبحَ مَهرجاناً لِلأفكارِ تَتزاحمُ فيه بِشدّةٍ حتّى تكادُ تدوسُ بَعْضَها، مَسْرحاً لِلمشاعِرِ يتباهى كُلُّ شُعورٍ بأوْلويّتِهِ وشَرْعيّتِهِ في حَياتي.

أُغْمِضُ عيْنَي وأُحاولُ الإبْحارَ بعيْداً وحْدي إلى عالَمِ الأحْلامِ الجَميلةِ، فَتظْهَرُ لي كُلُّ تِلْكَ الأفْكارُ كقراصِنةِ البَحْرِ تُعيدُني إلى شطِّ اليقَظَةِ من جديد.

أجلُسُ على شُرْفةِ منْزِلنا أحْتَسي قَهْوتي وأُراقِبُ شُروقَ الشّمْسِ، صَوْتُ العصافيرِ يُعْلِنُ بِدايةً يومٍ ليْسَ لدَيَّ فِكرةً حتّى الآنَ كيْفَ قدْ يَكون..

أُفكّرُ في نفسي، زَوْجي وأبي.. وفيهِ..

بِنا.. وبِطِفْلتِنا جَميعاً.. تِلْكَ الطِّفْلةُ الّتي لَمْ أتَمَكّنْ مَنَ احْتِضانِها بَعْد، منْ مَعْرِفةِ شَكْلِها وتَفاصِيلِها، أوْ حتّى تَخيُّل

مَلامِحَها، أتوقُ إلى احْتضانِها رغْمَ خوْفي الشّديدِ مِنْها، فهيَ في النّهايةِ طِفْلتي، الّتي حملْتُها في أحْشائي لأعْوامٍ لمْ أعُدْ أُحصيها..

معْهُ ولأجْلهِ وعلى تَوْقيتِهِ حانتْ لحْظةُ الوِلادة، مَخاضٌ أصْعبُ بِكثيرٍ مِمّا تخيّلْتُ، ولحْظةٌ مُنْتَظَرَةٌ كَحُلُمٍ قَرّرَ ارْتداءَ ثَوْبَ الحقيقةِ أخيراً.

إنَّ مَخاضَ الكِتابةِ يُشْبهُ مَخاضاً عَسيْراً، مُرْهِقٌ لِدَرَجةِ أنَّ الكاتبَ يحْتاجُ للرّاحةِ والابْتعادِ قليْلاً حتّى يرى ذلِكَ المَخْلوقِ الّذي انْبَثَقَ أخيْراً مِنْ خاطِرِه.

جَريمَتي الكُبْرى

وتعودُ قِصّتي إلى عُمْرِ الطُّفولةِ، ذلِكَ العُمْرُ البَهيُّ في نَقائِهِ، البريءُ في أحْلامِهِ، الشَّقيُّ في حُبِّهِ لِلحياةِ والمَرَح..

كانَ صديقيَ المُفَضَّلِ هُوَ قَلمي، وأمْتعُ أوْقاتيَ أقضيها مَعْهُ، أحْبَبْتُ الكِتابةَ وأبدعْتُ فِيها، كيْفَ لا وقدِ امْتلكْتُ خيالاً خِصْباً بِلا حُدودٍ، وقَلْباً يرى الدُّنيا مُلوّنةً بِألوانِ قَوْسِ قُزَح.

وكانَ للكتابةِ عِندي طُقوسٌ أيْضاً، فَلِلْمكانِ أهميّة، ولِلزّمان أهميّة، ولِلمَوضوعِ والمَشْروعِ وكُلِّ حَرْفٍ أهمّيّة، وحتّى في لِبْسيَ كُنْتُ أُراعي أفْكاري، فأُحِبُّ أحْياناً أنْ أرتديَ فِسْتاناً أبْيضَ، وأجْلِسُ على صخْرةٍ كَبيْرةٍ قَريبةٍ مِنْ بيْتِنا، تُطِلُّ على بُحيْرةٍ زرقاء كأنّها زُمُرُّدةٌ سقطتْ من الجنّة، أُراقِبُ غُروبَ الشَّمْسِ بَيْنَما تُداعِبُ الرّيحُ شَعْري، أُغْمِضُ عينَيَّ وأطيرُ... أطيرُ بعيداً عنْ هذا الجَسَدِ الصّغيْرِ، وأذهبُ مَع الشَّمْسِ حيثُ تذْهب، تُعيدُني الرّيحُ مَع نسْمةٍ عَليْلةٍ، إلى صخْرتي، بُحَيْرتي، قَلَمي وأوْراقِي.. وأكْتُبُ وأكْتُبُ.. وأكْتُبُ..

أكْتُبُ عنِ العِيْد، عنْ أمّي وأبي، عنْ مدْرسَتي، عمّنْ
سأُحِبُّ، وعمَّ سأحْلُم.. وأرْسُمُ فوقَ دفاتري سلالِمَ مُوسِيْقيّةٍ
لِألْحانٍ لنْ يسْمَعها سِواي.

كبِرْتُ وكَبُرَ حُبّيَ لِلكتابةِ أكْثر، ولكِنَّ قُضْبانَ السِّجْنِ منْ
حوْلي بدأتْ تَعْلو أكْثر، وتُقلّصُ حُدودَ الفضاءِ الرّحْبِ الّذي
كانَ مِلْكاً لي وحْدي.

لمْ يعُدْ بإمكانيَ اخْتيارُ أماكِني المُفضّلةِ دائماً، وأصْبحتْ
مواضيعَ كِتابتي أكْثرَ عُمْقاً، فلمْ أعُدْ أكتبُ وقتما أشاءُ، بل
صارتْ كتاباتي مرآةً لإحساسي، تعكِسُ فرحي، غضبي، حُزْني
وقَلقي. أكْتبُ رسائِلَ عتَبٍ لِلحياةِ الّتي بدأتْ تُلقّنَني دُروساً لمْ
أكنْ أفْهمُها في حِينَها، وأبْكي على قَلْبٍ بدأ يضيقُ على أحِبّتِهِ
ويُقلِّصُ عدَدَهُم عاماً بعْدَ عامٍ.

كانتْ كتاباتي تلْكَ براكينَ منْ مشاعِرٍ، تسيْلُ على أوراقي
فتحرِقُها وتُضيفُ المزيدُ من الرمادِ إلى ذاك القلبِ الصّغير
البريْء..

صارتْ تحْظى بِخُصوصيّةٍ أكْبر، فَصِرْتُ أخبِّئُها وأواريها عن
عُيونِ الفُضوليّينَ وذوي النّوايا السّيّئةِ، أخشى عليْها من
قنّاصاتِهم المنْصوبةِ دوماً على أتمِّ الجهوزيّة لاغتيالِ براءتِها،
أحتفظُ بها لِمَنْ يفهَمَها ويسْمَعها ويشعُرَ بها حتّى، دونَ أنْ يَقرأها،

حتّى وصلتُ في النّهايةِ إلى خَزْنةٍ عَميْقةٍ بينَ الضُّلوعِ لا يعْلمُ بِها أحد.

وكانتْ تِلْكَ جريمتي الأولى، جَريمةٌ لا يُمكنُ أنْ تُغْتَفَر، وبدايةٌ لِسلسلةٍ من الجرائمِ الّتي ما تخيّلتُ نفْسي يوماً قد أرتَكِب.

بدأتُ أدْفِنُ مَوهِبتي بِيدَيّ، أدْفِنُها حَيّةً خَوْفاً منْ كلامِ النّاسِ وزيْفِ ادّعاءاتَهم.. خِفْتُ على أفْكاري ومشاعِري فالْتَهمْتُها، كتبتُها على الورقِ وأحرقْتُها، وحتى من جمجمتي صِرْتُ أطْرُدُها.

صارتْ دفاتِري تشْتاقُ لجلْساتِنا معاً، ولمْ تكنْ تدْري يومها أنّني قدْ بدأتُ بأُولى خياناتي، أكتبُ كلماتي فوْقَ قُصاصاتِ ورقٍ عابِرةٍ.. ثمّ أنساها وينْساها الزّمانُ في سلّةٍ مُهْملاتٍ على قارِعةِ الطّريق.

"الموهِبةُ امرأةٌ ذاتَ كبْرياءٍ، إن أهْملتِها ذهبتْ دُون عَوْدة".

لمْ أكُنْ أدرِكُ يوماً حَجْمَ غبائي عِنْدما سَمحْتُ لِلخَوْفِ أن يُكبِّلَ أصابِعي ويكْتُمَ صَوْتَ مشاعِري، لمْ أكُنْ أعلمُ أنّي سأخْسرُ يوماً ما كانَ هويّتي وحقيقَتي.. وأنني سأغدو نعْجةً تُساقُ في قطيعٍ أبكمٍ من النّعاج، راعيهِ مُجتمعٌ شرقيٌّ يرفضُ

الخروجَ من ثوبِ أبي جَهل، يحرسُهُ كلبٌ أصفرُ لا يتردّدُ في مِلْءِ الدّنيا نُباحاً إنْ رأى نعْجةً تتمرّدُ يوماً في القَطيع!

بدأتُ أخافُ أشياءَ كثيرةً، كأنّني فتحتُ البابَ لِسرْبٍ من الجرادِ الّذي بدأ بِشراهةٍ يَنْهشُ روحي، أحالَ ربيعَ العُمْر إلى صحْراءَ قاحِلةٍ، قتلَ فيها كُلَّ الوردِ والشّذى.. كسرَ الغُصْنَ الغضَّ فهاجرَ الطّيرُ كسيرَ الجناح.. عاثَ في الرّوحِ خَراباً فما عادتْ سِوى ملْجأٍ لِلغُربانِ وبعْضِ الزّواحِف.

أذكرُ أنّني وقفتُ مرّةً أمامَ مِرآتي، شاهدْتُ فيها امْرأةً لا تُشْبِهُ أبداً تلْكَ الّتي تسْكُنُ في ذاكِرتي، رأيْتُ امْرأةً حُبْلى.. تخبّئ في صدْرِها آلافَ الكلماتِ والآهاتِ، وتمْتنعُ عنْ ولادتِها خوْفاً من عُيونِ الجَراد.. هيَ امْرأةٌ فضّلتِ البقاءَ حُبْلى على أنْ تَخْسرَ آخِرَ فُرْصةٍ لها في حَمْلِ طفلٍ لطالما أرادتِ ضمّهُ بين ذراعَيها.

لا أذكرُ عددِ المرّاتِ الّتي شعرْتُ فيها بألمِ المخاضِ يُمزّقُني، ولكنّني كنْتُ أكْتمُ صرْخاتي وأنيني وأمْنعُ هذا الجنينِ الغالي منَ الخُروج إلى هذا العالم..

قاومْتُ ولادَتي مرّاتٍ كثيرةً حتّى أصابَتني حالةُ ولادةٍ عسيرةٍ، ولمْ أعُدْ أسْتطيعُ الكتابةَ مهْما حاولْت.

قلَمي رَفيقي، ما عادَ يعرفُني ولا أعرِفه، وسادَتي وحْدها تَسْتطيعُ سماعَ نبضاتِ حنيني وتُطمْئنني، كلَّ ليلةٍ أنّه ما زالَ

على قيْدِ الحياة، فأضُمّهُ في صدْري وأنام.. عبثاً أحاولُ أنْ
أكتُبَه.. عجباً لا يُريدُ الحياة!

على قيْدِ الحياة، فأضُمّهُ في صدْري وأنام.. عبثاً أحاولُ أنْ
أكتُبَه.. عجباً لا يُريدُ الحياة!

الغَريب

قابلْتُهُ مرّةً في زحامِ الحياة، ما بيْنَ مشاكلِ العملِ والبيْتِ والأوْلاد، وأمورٍ أُخرى كانتْ تُترجِمُ حروفَ الغُرْبةِ إلى سُطورٍ مُرهِقةٍ مُربِكة..

الغُرْبةُ هُنا تمْتصُّ أحْلى ما فيكَ، تأخذُ منْكَ نسغكَ وشغفكَ للحياة، أحْلامكَ وأجملَ سنواتِ عُمْرك.. تأخذُ شيْئاً منْ ملامِحكَ وتُعطيكَ وجْهاً جديداً ربّما لا يُشْبهكَ، تجْعلُ منكَ إنساناً آليّاً مُبرْمجاً على الرّكضِ ليْلاً نهاراً كي تعيشَ بيْن قوْسَي الحياة (...).

في الغُرْبةِ هُنا تحْيا وحيداً مهْما كانَ عددُ أصْدقائِكَ أو أقارِبك، مهْما كنْتَ مُحاطاً بجمْهورٍ من مُدّعي الحُبِّ والمَحبّة، فلا أحدٌ هنا مُهتمٌّ بمشاكِلكَ ولا يشْعرُ بما يدورُ في داخِلك.

الكلُّ مُنْهمِكٌ بشؤونهِ الخاصّة، ويصمُّ أُذنيْهِ عن صوْتكَ حتّى وإنْ كنْتَ تُكلّمُهُ وجْهاً لِوجْه.

الغُرْبةُ هُنا أنْ تصْرخَ طلباً للنّجْدةِ في لحْظةِ ضَعْفٍ، وتعْلمُ أنَّ ما مِنْ أحدٍ سَيُنْجِدُكَ سِوى نفْسك، تسْعى دوْماً لِرسْمِ ابْتِسامتِكَ فوْقَ شفتَيْنِ مُنهكتَيْنِ من الأنينِ، وترقُصُ فوْقَ جِراحٍ لا يعْلمُ بها سِواك، وتدَّعي الحياةَ كي تبْقى على قيدِ الحياةِ.

لا أذكرُ حقّاً عددِ المرّاتِ الّتي سقطْتُ فيها، وعجِزْتُ عنِ النّهوضِ أو حتّى البُكاء، انْكفأْتُ على نفْسي لِساعاتٍ وأيّامٍ وأعْوامٍ.. درّبْتُ نفْسي على فنّ الادّعاءِ حتّى لمْ أعُدْ أعْرِفُ مِنْ أنا حقّاً..

عنِ الضّعْفِ أتكلّم.. عنِ الوحْدةِ في هذهِ البلادِ المُزدحِمة.. عنْ خَوْفٍ منْ مسْتقبلٍ مَجْهولٍ.. عنْ ألمٍ منْ ماضٍ يصْعبُ البوْحَ بهِ.. عنِ الحنين.. عنِ الضّياع.. عنْ مُحاولةِ الصّمودِ لأجْلِ منْ أحِبّ.

عنْ عُمرٍ يمُرُّ على عجَلٍ كأنّهُ يجْري هرباً من عقاربِ السّاعة.. عن ضجيجِ الأفْكارِ، عنْ صراعِ المشاكلِ.. عنْ فَوْضى الحَواس...

ساقَهُ القدرُ إليّ دونَ موْعِدٍ ولا تخْطيطٍ، يحْمِلُ حَقيبةَ أحْلامِه الكبيرةِ ويمْضي مُسْرِعاً قبْلَ أنْ يفوتَهُ القِطار.. شابٌّ ثلاثينيّ بَهِيّ الطّلعةِ أنيقُ الهِندام، مرَّ أمامَ بابي.. توقّفَ ثانيةً ورنا إليّ بعينيْهِ الخضْراوَتيْنِ، وابْتسمَ ثمّ مضى دونَ أنْ يدرِكَ

أنَّ جمْرةً ما قدْ وقعتْ مِنْه.. جمْرةٌ بدأتْ بإحراقِ الهشيمِ المتراكمِ في صدري مُنْذُ أعوامٍ، نظرتهُ فيها سحْرٌ خلّابٌ، وعطرهُ الفوّاحُ سلبني كلَّ أسلِحتي، فوجدْتُ نفسيَ أبتسِمُ لهُ دونَ أنْ أقاوِم...

وشاءَ القدرُ أنْ يرسمَ درْبهُ قرْبَ بابي، فألْمَحَهُ كلَّ حيْنٍ وحيْنٍ، حتّى وجدْتُ نفسي قدْ صرْتُ أنْتَظِرُهُ بلا قَصْدٍ ولا مَوْعد.

كانَ لمرورِهِ هناكَ نسْمةٌ صيْفيّةٌ دافئةٌ، وعبَقٌ من رائحةِ اللّيمونِ في نيْسان، لِوقْعِ خُطاهِ صوْتٌ كقرْعِ مطرِ الخَريفِ على نافِذتي، ولاخْتفائِهِ برودةٌ كانونيّةٌ قاسيةٌ.. لوّنَ أيّامي بكلِّ ألوانِ الفُصولِ وعُذوبَتِها.. فكيْفَ أمْنعُ نفْسيَ عن هَواه؟

تطلّبَ عملُنا معاً أنْ ألتقيَهُ أكثر، وصِرْتُ دائماً أخْتلقُ الأعذارَ حوْلَ العملِ كي أراهُ وأحادِثهُ وأمْضي معهُ بعضَ الدّقائقِ.. تلكَ الدّقائقَ كانتْ أرقُّ وأعذبُ من سنينٍ طويلةٍ لا أدري كيفَ ومتى مرّت.

أذْكرُ أنّي رأيتُهُ مرّةً في مكْتبهِ مُنكبّاً فوقَ أوْراقهِ وأشيائِه، جلسْتُ بصمْتٍ مقابلهُ كقِطةٍ صغيرةٍ نعِسة، كنْتُ أراقِبُ كلَّ تفاصيله، وحتّى طريقةِ تنّفسِه، وأشعرُ بآلافِ الورداتِ الحمراءِ تتفتّح في شراييني.

لمحْتُ في عينَيْهِ سُلّماً زُجاجيّاً يمتدُّ إلى فضاءٍ مجْهولٍ، ووجدْتُ نفسي بفضولِ قطّةٍ أبدأُ بتسلّقِ هذا السّلّمِ أعلى وأعلى حتّى وصلْتُ إلى نهايةٍ لم أكنْ أتخيّلها، نافِذةٌ صغيرةٌ تطِلُّ على عالمٍ منسيّ مطويّ في غياهبِ الذّاكرة..

جلسْتُ أمامَ النّافذةِ أحدِّقُ في تلكَ البُحيرةِ الفيروزيّةِ أمامَ بيْتنا الجميل، ورأيْتُ نفْسي أجلِسُ بفسْتاني الأبْيض فوقَ صخْرتي الكبيرة مسْتسلمةً للرّيح تعْبثُ بشَعْري وأنا أكْتبُ وأرْقصُ وأغنّي.. وأحْيا..

تلكَ النّافذةُ كانتْ تذْكرةَ عوْدتي إلى ماضٍ أشتاقهُ، وسفرٍ لعالَمٍ من الأحلامِ بيديّ أرْسمهُ، وصِرْتُ كقطّةٍ حبيسةٍ أنْتظرُ على جمْرِ انْفتاحِ النّافذةِ كي أجري صَوبها، وأمْضي فيها ثوانيَ هي الأحْلى منْ كلِّ ساعاتي، أعودُ بعدَها إلى عالَمي وفي داخِلي ألفُ بسْمةٍ وبسْمة.. بعدَ أنْ يُغمضَ عينَيْهِ عنّي ويمْضي.

معهُ كانَ الوقْتُ يمُرُّ كأسْرابٍ منْ فراشاتٍ، تَحْملُني بَعيداً لِعالمٍ لمْ أُلْقاهُ في خيالي، ضِحْكتُهُ كبلْسَمٍ لِلرّوحِ تَغْسِلُ عنّي كُلَّ وجعٍ أُواريهِ خَلْفَ أقْنعَتي السّعيدة.

"إنَّ ادّعاءَ السّعادةِ أسهلُ منْ شرْحِ حُزنِكَ لِلآخَرين"

ولكنّي معْهُ، كُنْتُ في أعْلى قِمّةٍ لِلسّعادةِ والفَرَحِ والحَياة.

يكْفيني أنْ نَجْلسَ معاً في اسْتِراحةِ العملِ لِنحْتسي القهوةِ، نَتجاذَبُ أطْرافَ الحديثِ الّذي لا يُمَلُّ منهُ أبداً، كُنْتُ أحدِّثَهُ عنْ كُلِّ ما يَجولُ في خاطِري، وأحْكي لهُ عنْ كُلِّ تَفاصيلِ حَياتي بِشفافيّةٍ دُونَما ادّعاءاتٍ أوْ زَيْفٍ أو تمْثيل، معهُ كُنْتُ أنا، تلْكَ (الأنا) الّتي نَسيْتُ يوماً كيفَ كانتْ وكيْفَ غَدَتْ.. معْهُ أنْسى غُرْبَتي، كأنّهُ وطَني الضّائعِ، وطنٌ لا خَوْفَ فيْهِ ولا تَشرُّدَ ولا ضَياع.

ذلكَ الإحْساسُ بالأمانِ يَشُدّني إليْهِ، يَرْبطُ قَلْبي بِقلْبه بِشُعاعٍ منْ نُورٍ وفَرَحٍ، ويَزيدُني تَعلُّقاً بِهِ يَوْماً بعْدَ يوْمٍ، رَغْمَ الزّمانِ والمكانِ والظُّروفِ والقَدَر..

نعمْ، لقدْ أحْبَبْتُهُ.. وعَرفْتُ لِلحُبِّ مَعْنىً لِلمرّةِ الأُولى.

صخْرةُ سِيزيف.. تدحْرَجَت

في البدايةِ بدتِ الأمورُ كلّها تحتَ السّيطرة، اكْتفاءٌ بالكلماتِ والنّظراتِ وعناقٍ دافئٍ بين يدَيّ عاشقين حدّ الوله.. سمحتُ لروحيَ بالتّحليقِ في عالمِه الخياليّ، تركتُ قلبي يذوبُ عشقاً في تفاصيله.. وسحْرُ عينَيْه.. منَ العبثِ مُقاومته.

هي مشاعرُ جديدةٌ عليَّ بِرقّتها وبراءتها.. ولكنْ مع الوقت، ما عادَ الحبُّ العذريُّ يكْفيني، صارت رُوحي تحتاجُ إليهِ أكثر، إلى مَطَرٍ أخْطر.. إحْساسٌ يجتاحُ كياني كخيْلٍ برّيّةٍ شرسةٍ تحتاجُ لِمنْ يلْجُمها..

كلُّ خلايا جسدي تُناديهِ وتتساءَل: كيفَ تُرى طعْمُ شفتَيْه؟ كيفَ يكونُ الحبُّ بينَ يدَيْهِ؟

أحاولُ طرْدَ هذهِ الشّياطينِ الصّغيرةِ من رأسي، فأراها تعودُ مُجدّداً وبقوّةٍ، تتراقصُ أمامي ساخِرةً منّي بكلِّ وقاحةٍ.. صحاريّ المقفرة تحتاج مطره لتزهر ورداً وجِناناً من حبٍّ وأمل.

أغْمضْتُ عينَيَّ واتّكأْتُ فوقَ مكتبي، أحاوِلُ أنْ أصرِفَ تفْكيري عنْ أيِّ حرْبٍ طاحنةٍ قدْ تدورُ ما بينَ ما هُو حقٌّ لي وما هُو حرام، ما بينَ شغفٍ ونَدم، ما بينَ سرقةٍ لحْظةٍ عابرةٍ مع هذا الغَريب.. لحْظةٌ قدْ لا تعودُ الحياةُ بعدها كما كانتْ أبداً.

في كلِّ مرّةٍ أراهُ، ويخترقُ عِطرَهُ مساماتي، أشْعرُ بها روحي تُناديه، ترْغبُ باللّحاقِ بهِ، بالبَوْحِ لهُ بكلِّ ما ينبضُ في شراييني.. لستُ أفهمُ ما الّذي يحصلُ معي بالضّبط، إحساسٌ جديدٌ يسيطرُ عليّ عقلاً وقلباً وجسد.. كنتُ في مقاوَمتي لتلكَ المشاعرِ والرّغباتِ أفكّرُ في سيزيف، سيزيفَ ذلكَ الّذي واصلَ دحرجة الصّخرةِ إلى أعلى الجبلِ رغْمَ وعورتهِ وثِقلِ الصّخرة.. متمسّكاً بحبْلِ الصّمود، متجرّعاً مُرّ الإرادة..

"وعْرٌ هوَ المرْقى إلى الجُلْجُلة.. والصّخْرُ يا سيزيفَ ما أثْقَله"

بدر شاكر السّيّاب

ووجدتُ نفسي أتّجهُ إليهِ بخطواتٍ مُرتجفةٍ، كعادتهِ غارقٌ في العملِ تائهٌ بينَ أوراقِه وحاسوبه.. اقْتربْتُ منْهُ وجلسْتُ

والخَوْفُ يَمْلأُ عَينيّ، نبضاتُ قلْبي تَخفِقُ بِشدّة.. إنّ في شَيْئاً ما يُناديهِ، أتُراهُ يَسْمع؟

نظرَ إليّ وفي عينَيهِ براءةُ الأطْفالِ، بدا لي أنّهُ لا يفهمُ تلكَ الرّسائلِ المفضوحةِ في عينيّ، أمْ أنّهُ لا يريدُ أنْ يفهمها؟ ماذا لو أنّهُ لا يُفكّرُ أو يشْعرُ بما يدورُ في أعْماقي؟ هل ذاك شيءٌ أريدهُ وحدي؟

تاهتْ منّي الكلماتِ واخْتنقَ صَوْتي، لمْ أعُدْ أعرفُ كيفَ أبرّرُ لهُ سببَ مجيئي، أحاولُ اخْتلاقَ سببٍ ما، أكتمُ الضّجيجِ الهادرِ في أعْماقي.. أشعرُ بالخوفِ مِنْ نفسي.. أريدُ أنْ أهربَ منّي.. إليه..

ولمّا خانتْني أفْكاري وكلِماتي، اتّجهْتُ صَوْبَ البابِ على عجَلٍ، أتعثّرُ في خَيالاتي وحَماقةِ تفْكيري وهَيَجانِ مشاعِري.. وبِخفّةِ السّاحرِ صارَ أمامي فجأةً، يَسُدُّ البابَ بجسدِهِ المَمْشوقِ وطَلّتِهِ الخَلّابة، نَظرْتَهُ باحَتْ بِكُلّ إجاباتِ أسئِلَتي الّتي لمْ تتجاوزُ عَتَبَةَ شفَتي، أمْسَكُ بيَدي، وجَذَبني برِقّةٍ إليْهِ، شدّني إليهِ أكثر حتّى باتتِ المسافةُ بيني وبينَهُ أقْصرُ من عُمْرِ أحْلامي..

توقّفَ الزمانُ واختفى الكونُ كلّهُ، كأني معهُ في فضاءٍ يمتدُّ بحجمِ حبّي فلا يلقَى حدوداً له ولا نهاية، نظرتُ في عينَيهِ الخُضْرِ، في حُقولِ اللّيمونِ والياسمين الدّمَشْقيّ، ووجدْتُ

نفْسي بِخفّةِ الفراشةِ أطيرُ إليهِ، وأدنو أكثَر فأكثَر.. أُغمِضُ عيني وأغْرق.. في بحرٍ من العشْقِ فوقَ شفتَيْه.. وأضمّه بشِدّة كطفلٍ خائفٍ.. ألفُّ ذراعيّ حولهُ وأزدادُ الْتصاقاً به.. إنّي أذوبُ عِشقاً في خلاياه.. إنّي أتنفّسه.. أشعرُ بقلبيَ يخْفقُ بينَ أضلاعِه.. هنا أريدُ أنْ أموت.. أنْ أُدفن.. وأنْ أُبعثُ منْ جديد.

للموتِ فوقَ شفتيهِ طعْمٌ يشبهُ السّقوطَ الحُرَّ.. في النّعيمِ.. طعمٌ يُشبهُ انْبثاقَ الفجرِ بعدَ ليْلٍ طويل.. لها نَغَمٌ يُراقِصُ الرُّوحِ ويَحمِلُها فَوْقَ الغَيْمِ والبَحْرِ، ويَنْسِجُ لها منْ خُيُوطِ الشّمْسِ جَناحَيْنِ كيْ تُواصِلَ التّحْليقَ معهُ في عالَمٍ أعْذبَ من خَيال.

فتحْتُ عينيّ ولمْ ألكُ أصدّق، هل حدثَ ذلكَ حقّاً؟ أم كان مجرّدَ حلمٍ يقظةٍ شديدَ العُذوبة؟

جريْتُ إلى مكتبي وبدأتُ أبكي بشِدّةٍ، ولم أعرف سببَ بُكائيَ تماماً.. أكانَ فرحاً بقُبْلَةٍ حقيقيّةٍ لطالما حلِمْتُ بالإحساس بِها.. أمْ شعوراً بالخوفِ والذّنب.. لا أعرف...!

صخْرتي يا سيزيف تدحْرجتْ وسحقت كل مبادئي وأخلاق القبيلة، ما عدْتُ أعرفُ كيْفَ أوْقِفُها.. إنّني أهوي معها في المَجْهول.. في الغَرام.

ظِلُّ امْرأة

عُدْتُ إلى بيتي مساءً ولمْ أجرُؤْ على فتْحِ الباب، كنْتُ أخشى النّظرَ في عيونِ أطْفالي فيتفاقمُ إحساسي بالذّنبِ، أخْشى أنْ يرى زوجيَ تلكَ الحرائقَ الّتي اشتعلتْ في صدْرِكساهُ الرّمادُ منْذُ سنينٍ طويلةٍ، تمنّيتُ في تلكَ اللّحظةِ لو أنّني شبحٌ فحسْب، أراهُم ولا يَروْنَني، أقومُ بكلِّ واجباتي معْهم بأفْضلِ شكْلٍ مُمْكنٍ دونَ أنْ تفْضَحني ملامِحي فأخسرهُم جميعاً.

أنا امرأةٌ حالمةٌ، رومانسيّةٌ، حسّاسةٌ.. كنْتُ أتوقُ لِلحُبِّ منْذُ نعومةِ أظافِري، وأعيشُ على مؤعِدٍ معَ فارسِ الأحلامِ في خيالي.. كُنْتُ أختارُ لهُ اسْمهُ وملامِحه.. وأتخيّلُ حياتَنا معاً وأطْفالَنا منْ قبْلِ أنْ يكونَ واقِعاً حتّى.. كانَ للحُبِّ أهميّةٌ في حياتي لا تقلُّ عنِ الأكلِ والشُّربِ والنّوم، بلْ يفوقها مكانةَ أيضاً.. أنا أحتاجَهُ كي أتنفّس، كي أحْيا.

وجدْتُ نفسيَ أنْجرِفُ وراءَ أحلامِيَ وأوهامِيَ حتّى اسْتيقظْتُ ذاتَ صباحٍ ووجدْتُ نفسيَ بجانبِ رجُلٍ.. لمْ يكنْ يشبهُ فارسَ أحلامي أبداً..

هوَ رجلُ أعمالٍ ناجحٌ، وسيمٌ ذو هيبةٍ، يُتقنُ ارتداءَ الأقنعةِ وإخفاءَ ندوبهِ عن الآخرين، فيبدو لطيفَ المعْشرِ يحبّهُ كلُّ من يُقابلَهُ، وتحلُمُ بهِ نِصْفُ نساءِ الأرضِ، ولكنّهُ لمْ يكنْ حُلْمي أنا.. وحدي أنا منْ كنتُ أرى وجهاً يصعبُ على الجميعِ تصديقَهُ.

لمْ يكنْ يُشبهَني أبداً، تفْكيرهُ مُختلِفٌ تماماً عنّي، اهْتماماتُه شديدةُ البُعْدِ لِدرجةٍ لمْ أكنْ أستطيعُ أنْ أجاريَهُ فيها، نمطُ حياتِهِ وروتينِهِ وكثيرٌ من طباعهِ عجِزْتُ عنِ التّأقلمِ معها أو تغييرَها.. عصبيّتهُ الشّديدةُ ومعاقرةُ الخمْرِ كلَّ مساءٍ، ولعهُ بهاتفهِ المحمولِ بدلاً من محادثتي أو التّقرُّبَ مني.. كلّها أشياءُ جرفتْني بعيداً عنهُ.. أبعدُ ممّا كنتُ أتصوّر.

كنْتُ في بلدٍ وهوَ في آخرٍ ولكنْ تحْتَ سقْفٍ واحدٍ.. بحْرٌ عميقٌ يفصِلُ بيني وبينهُ ويزدادُ اتّساعاً يوماً بعدَ يومٍ وعاماً تِلْوَ الآخرِ.. تلكَ المسافةُ سمحتْ لنساءٍ أُخرياتٍ بالتّسلّلِ إلى حياتِنا وبدأتُ أكتشفُ خياناتَهُ (المشروعة!).

في المرّةِ الأولى لمْ أتمكّنْ منْ تقبُّلِ الموضوعِ أبداً، شعرتُ بالألمِ لدرجةِ التّفكيرِ بإنْهاءِ حياتي، دخلْتُ في نوبةِ اكتئابيَ الأولى الّتي اسْتغرقتْني أكثرَ منْ عامَيْنِ حتّى تمكّنْتُ من الخروجِ منها لأجدَ نفسيَ مُرغمةً على المسامَحةِ والنّسيانِ لأجْلِ صغيْرٍ جاءَنا على أمَلٍ بإصْلاحِ ما قدْ تهدّم.. وذلكَ ما لمْ يحصلْ حتّى الآن.. لا يمكنُ للمرايا المكسورةَ سوى أنْ تُريْكَ وجوهاً مشوّهةً.

وتوالتِ الخياناتُ مرّةً بعدَ مرّةٍ، ومشاعِري نحْوَهُ تنْطفِئُ أكثر، ازْدادتِ الخلافاتُ والمسافاتُ والإهاناتُ حتّى لمْ يعُدْ بإمكانيَ الاسْتمرارَ أكثر.. ولكنَّ الطّلاقَ مع ثلاثةِ أولادٍ في بلدٍ غريبٍ لمْ يعُدْ قراراً يُتّخذُ بسهولةٍ، فكانَ لا بدَّ لي من الرّضا والتّسليمِ والمُضيَ قدماً في حياةٍ أكونُ فيها.. ظِلَّ امْرأةٍ فحسْب...

قالتْ لي: لا تُقارِني.. لكنّي فعلْتُ

مُنْذُ أكثَرَ منْ خمسةِ عشرَ عاماً مضتْ، كنتُ في منزلِ صديقَتي أُذاكرُ معَها، وعنْدما انتهيْنا جاءَتْ والِدتَها وجلسَتْ معَنا نتحدّثُ في مواضيعٍ مُخْتلفةٍ، كانتْ تُحاولُ أنْ تكونَ الأَمَّ الصّديقةَ والأختَ الكبيرةَ فنشعرُ بالأمانِ معها ونُشاركها تفاصيلَ حياتِنا كيْ تُرشدَنا وتُساعِدنا وتكونُ السّندَ والدّعْمَ في كلِّ خُطْوةٍ.

كانتْ تُقدِّمُ لنا في كلِّ مرّةٍ نصائحَ مُختلفةً، بعضُها كنّا نتقبّلهُ ونقْنعُ بهِ، والآخرُ نرْفُضَهُ بعنادِنا الطّفوليَ.

نصيْحةٌ معيّنةٌ عادتِ اليومَ تقضُّ مضجعي وأفكر بها كثيراً، ليتَني قد فهِمتُها في وقتِها، وليتَني الْتزمْتُ بِها فأنقذْتُ نفسيَ ممّا أنا بهِ الآن.

"إنْ كنْتِ تريدينَ العيْشَ بسعادةٍ وهناءٍ.. فلا تُقارِني"

لمْ أكُنْ أقْصِدُ المُقارنةَ فِعْلاً، ولمْ أفكِّرْ فيها أو أتعمّدُ البحْثَ عنِ الفُروق، تلكَ الفُروقِ كانتْ واضحةً ومنَ العسيرِ تجاهُلها. أصْبحَ زوجيَ كثيرُ الأسفارِ دائِمُ الغيابِ عنِ المنْزلِ، ولكنّهُ ما إنْ يعودَ حتّى يلْقاني بوجْهِهِ العابسِ، يبْحثُ دوماً عمّا يُثيرُ انْفعالي وجُنوني ثُمَّ يسْتمتعُ بكيْلِ الشّتائِمِ والإهاناتِ.. لمْ يكن يقتصِرُ الأمْرُ على الإساءاتِ اللّفظيّةِ بلْ تعدّاهُ إلى الجسديّةِ أحياناً.. هكذا تُفهَمُ الرّجولةِ في مُجتمعاتِنا الشّرقيّةِ.. بتطْويع المرأةِ وتدْجينِها.. وتذليلِها.

أذكرُ مرّةً عادَ ليْلاً من سهْرةٍ مَاجنةٍ صاخِبةٍ، كنْتُ نائمةً بعدَ تناولي لِعدّةِ أقْراصٍ لِمعالجةِ صُداعٍ شَديدٍ يَفْتكُ بِجمْجمَتي، قامَ بإيقاظيَ ورائِحةِ الخمْرِ تفوحُ منْهُ، حاولْتُ التّظاهُرَ بالنّومِ رغْمَ إلحاحِهِ وإصْرارهِ على نهوضي منَ السّريرِ وإعدادِ العَشاءِ لَهُ، وربّما يكادُ يكونُ أقْربَ لوجْبةِ الفُطورِ نظراً للتّوقيتِ الّذي قدْ عادَ فيهِ، وعنْدما رفضْتُ اسْتشاطَ غضباً وقامَ بشدّيَ من شعري خارجَ السّريرِ، بدأ بكيْلِ الشّتائِمِ المُقذعةِ ثُمَّ تلتها صفْعةٌ قاسيةٌ أسْقطتْني أرضاً، هربْتُ إلى الحمّامِ واخْتبأتُ فيهِ ريْثما يهْدأ.

كلُّ أطْرافي كانتْ ترْتجفُ خوْفاً، الغضبُ والحُزْنُ يُمزّقاني بِلا رحْمةٍ. شعرْتُ بقطْرةِ دمٍ دافِئةٍ تسيلُ على وجْهي ورقبتي،

ثمّ تسقطُ مثليَ على الأرضيّةِ، لقدْ مزّقَ شفتي.. ومزّقَ روحيَ
أكْثر.

في الصّباحِ اضْطررْتُ لوضْعِ الكَثيرِ من طبقاتِ مساحيقِ
التّجميلِ لإخْفاءِ آثارِ الصّفْعةِ وخُطوطِ الدّمْعِ عنْ وجْهي.
عاودْتُ سرْدَ قصّةِ اصْطدامِيَ بالبابِ لكُلِّ منْ لاحظَ الجُرْحَ
على شَفتي وأنا أضْحكُ وكأنّيَ نفسيَ قدْ صدّقتُ تلْكَ الحِكاية.

أمّا هوَ، وحْدهُ كانَ يعرِفُ حقيقتَها، لمْ ينْبسْ ببنْتِ شِفة،
اكْتفى باحْتضانيَ بين ذِراعيهِ بكلِّ عطْفٍ وحنانٍ، قبّلَ مؤضعَ
الجُرحِ فسالَ هواهُ إلى دَمي يشْفي جسدي وروحي منْ كلِّ ألمٍ
اسْتبدَّ بِهُما..

في كلِّ صباحٍ أذهبُ إلى عملي فأمرُّ أمامَ بابِه، يَخْطِفُ
أنفاسيَ ذلكَ الوجهُ الطّفوليُّ المُبْتسم، وعيناهُ الخضراوَتانِ؛ كمْ
بِتُّ أعشقُهما. يسْرقُني منْ خلفِ مكْتبي للحظاتٍ، يحْملُني فوقَ
الغيْمِ ويطيرُ بي بعيداً حتّى السّماء، يزيّنُ شَعري بألفِ نجْمةٍ
وقمَر، ويغْسلُ رُوحي بعذْبِ كلامهِ ورِقّةِ لمْساتهِ، فيُعيدُني أميرةً
من أميراتِ القِصصِ الخياليّة..

تلّكَ الطّريقةُ الّتي كانَ يتأمّلُ ملامِحي بِها، ويمرّرُ إصبعهُ
فوقَ خدّيَ المُبْتسِم، تنْهيدَتَهُ وابْتِسامَتَهُ تجذِبُني إليهِ أكْثر، أجدُ
نفسيَ ضعيْفةً جداً أمامَ حُسْنِهِ وحنانِهِ، مُتعبةً جداً منْ هذا

العالَمِ فأختبئُ في صدْرِهِ، يضُمُّني برقّةٍ فأنْسى كُلَّ وجعٍ يصيح في الرّوحِ والجَسد.

قُبْلتهُ.. لها طعْمٌ كأنّها سِحْر، مزيجٌ من الشّغفِ والأمان، منَ التّحدّي والاسْتسلامِ.. فيها العذوبةِ وفيها الوَله، أدمنْتُ ارْتشافها كخمْرٍ مُعتَّقٍ وتركتَهُ يُعيدُ تكوينَ جسدي الثَّمِل.

يزْرعُ العُنْقَ ورْداً أحمراً، وفوْقَ الصّدرِ ينثُرُ الياسَمين، يضُمُّ الخَصْرَ كطيْرٍ خائفٍ مُرْتجفٍ، ويُضيءُ في عَتْمةِ الرّوحِ أضْواءً وألواناً.

الحبُّ معهُ لمْ يكنْ شيئاً عادياً ومألوفاً، وكأنّني قبْلهُ لمْ يلْمسْ جسدي رجُلٌ ولمْ يضئ فيهِ شمْعة.

كلُّ شيءٍ معهُ مختلفٌ جسداً وإحْساساً، فكيْفَ أُرغِمُ نفسي على عدَمِ المُقارنة؟

كيفَ تستطيعُ إقْناعَ الكفيفِ الّذي أبْصرَ النّوْرِ للمرّةِ الأولى أنْ يقتلِعَ عينَيْهِ بنفْسهِ ويعودَ إلى سراديبِ الظّلام.. أنْ تمْنعَ المُدْمنَ الغارِقَ في نَشْوتِهِ، أنْ يتوقّفَ عنِ التّحليقِ في فضاءاتٍ لا حُدودَ لها، ويرجِعَ إلى قُمْقُمٍ لا هواءَ فيهِ ولا نُور...؟

عَبثاً أحاولُ الإقلاعَ عنْه...!

فُوبِيا

لمْ تكنْ علاقَتي بهِ جسديّةً على الإطْلاقِ، بلْ كانتْ أسْمى من ذلكِ بِكثيرٍ، كانَ الانْسجامُ الرّوحيُّ والفِكريُّ والعاطِفيُّ بينَنا يزيدُني تعلُّقاً بهِ أكثر، اللّحظاتِ القليلةِ الّتي تجمعُنا أو حتّى مُحادثاتُنا تمْنحُني نوْعاً منَ الإحساسِ بالأمانِ وتجعلُني أشعرُ أنّني امْرأةٌ مُميّزةٌ، مُختلفةٌ عن سائرِ النّساءِ، أنّني ملِكة.. ذلكَ الإحساسُ الّذي فقدْتَهُ منْذُ زمنٍ طويلٍ، هوَ ما كانَ يجعلَ لوجودي قيْمةً ومَعنى.

إنَّ المرأةَ بطبيعتِها ليْستْ مخْلوقاً مُعقّداً كما يعْتقِدُ مُعظمَ الرّجالِ، وليْستْ شيفرةً غامِضةً عسيْرةَ الفَهْم، إنّها أبْسطُ بكثيرٍ ممّا يتخيّلون، لِقلْبِها خَمْسةُ مفاتيحَ، إنْ أجدْتَ اسْتخدامَها فقدْ ملكْتَها قلْباً ورُوحاً، وهيَ بدورِها ستمْنحُكَ الكوْنَ بأسْرِهِ.

(الكلمةُ الطّيّبةُ – الحنانُ – الاحْترامُ – التَّفهُّمُ – التّقْديرِ)، ليْستْ بِضْعةُ مفاهيمَ مُجرّدةً، وليْستْ مُتطلّباتٍ سخيْفةً كما

تبْدو بنَظرِ الرّجالِ، بلْ لها منَ الأهمّيّةِ أنَّ إهمالَها قدْ يجعلُكَ تخْسرُ امرأةً تُحِبُّكَ، امرأةً إنْ رحلتْ لنْ تستطيعَ العودةَ من جديدٍ.. وإنْ عادتْ، فلنْ تتمكّنَ منَ امْتلاكِها أبداً.

هوَ ليسَ مجرّدَ رجلٍ أتْقنَ استخدامَ مفاتيحي فحسْب، لمْ يكنْ رجلاً أحْببتُهُ منْ دونِ قصْدٍ، بلْ كانَ الأخَ بدعْمهِ لي، الأبَ بحنانِهِ عليّ، الصّديقَ بمُقاسَمتِهِ فرحي وحُزْني وغضَبي وضَعْفي.. كانَ رجُلاً بكُلِّ الرّجالِ...

لمْ أكُنْ امرأةً كتُومةً، ولكنّني كنتُ أحْتفظُ لنفسيَ ببعْضِ الأسرارِ الّتي لمْ أجدِ الجُرأةَ يوماً للحديثِ عنْها، بلْ لمْ أجدْ أحداً جديراً بالثّقةِ لدرجةِ الإفْصاحِ لُه عنْ هذهِ الأسرارِ.. سِواه.

لا أدري ما الّذي جعلَهُ مُخْتلِفاً عنْ كلِّ البشرِ، ربّما كانَ لإحساسي بالأمانِ معهُ وقُربِهِ منّي دَورٌ في ذلك، أوْ لِتفهّمهُ إيّايَ منْ دُونِ الحاجةِ إلى الشّرْحِ والتّفسيرِ والتّبريرِ، أوْ لِتعاطُفهُ معي ودعْمي وتعْزيزِ ثِقتي بنفسي في كُلِّ لحْظةِ ضَعْفٍ.. كثيرٌ منَ الأمورِ لمْ أجدْها منْ قبلِ في صديقٍ آخرِ، شخصٌ يؤْتمَنُ على الرّوحِ قبلَ السّرِّ.

أخْبرتُهُ بكلِّ شيءٍ عنّي، عنِ الماضي والحاضرِ وأحلامِ المُسْتقبلِ، عنْ طِباعيَ السّيّئةَ منْها قبْلَ الجيّدة، اهْتماماتي،

نقاطِ قوّتي وضعْفي، الأشياءِ الّتي تُسعدُني أوتستفِزُّني أوتُثيرُ
فيَّ غضباً مُستعِراً يصْعبُ تهْدِئتَهُ!

استوقَفتْهُ مرّةً في حديثِنا الـ (فُوبيا) خاصّتي.. خَوفيَ منَ
الأماكِن المُرتفِعةِ!

نعمْ، أعلمُ أنّها فُوبيا شائِعةٌ بينَ كثيرٍ منَ النّساءِ والرّجالِ
على حدِّ سِواء، لكنّها كانتْ شيئاً أكْرهَهُ فيَّ وأعْجزُ عن تحدّيهِ.
والأغْربُ منْ ذلكَ أنّي أعْشقُ مُدَنَ الملاهي والألعابِ، تُغريني
الأبْراجُ العاليةُ وناطحاتُ السّحابِ، لكنْ يسْتحيلُ عليّ أنْ
أصْعدَها أو أقْتربَ من أيِّ حافّةٍ مُرتفِعةٍ.

ناداني في اليومِ التّالي أثناءَ استراحةِ العملِ، توجّهنا إلى
المِصعدِ ولمْ تكنْ لديَّ أيّ فكرةٍ إلى أينَ يصْطحبُني، ولمْ يجِبْ
عنْ سُؤالي رغْمَ إلحاحيَ الشّديدِ. ضغطَ على زرِّ الطّابقِ الأخيرِ
وابْتسمَ ابْتسامةً شقيّةً، فهِمتُ وقْتها نيّتَهَ وبدأْتُ أصيحُ
وأحاولُ إيقافَ المِصعدِ عندَ أيِّ طابقٍ كانَ لكنّهُ يمْنعُني
ويضْحكُ بِشدّة..

ما إنِ انْفتح البابَ حتّى أمسكَ بيدي وجرى فوقَ السّلالِم
يقْفِزُها مَثنًى مَثنى.

لمْ يكنْ بناءُ المصْرفِ مُرتفِعاً جدّاً، ولكنْ ثلاثةَ طوابقٍ كانتْ
كفيْلةً بإفْزاعي، فماذا عن ثلاثةَ عشَرَ!

فتحَ بابَ السّطْحِ ومشى بزهْوٍ وثقةٍ كأنّهُ على مؤعدٍ معَ نصْرٍ ما.. لمْ يكُنْ يعلمُ أنّي أجْبنُ بكثيرٍ منْ أنْ أحقّقَ لهُ نصْراً كهذا.. حاولَ جذبيَ بلطْفٍ أو مُمازحاً إيّايَ بعنْفٍ.. إقْناعي، تشْجيعي، إغْرائيَ بمُكافأةٍ إذا ما اقْتربْتُ.. إنِ اسْتمتعْتُ بِهذي الإطْلالةِ الخلّابةِ وكسرْتُ حاجِزَ الخوْف.. ولكنْ دونَ جدْوى!

وعنْدما يئِسَ منّي أمْسكَ بيدي وعادَ صوْبَ السّلالِم ضاحِكاً وقالَ لي: "أُحبُّكِ حتّى وإنْ كنْتِ جبانة!"

انْفِصامُ شخْصيّةٍ حادٌّ

جلسَ مُقابِلي مرّةً في المقْهى يُراقبُني أنفُثُ دخّانَ سيجارَتي بِهدوءٍ، كنْتُ صامِتةً طوالَ الوقْتِ في ذلكَ اليومِ على غيرِ عادَتي، بدأ يتأمّلُ ملامِحي ويحاوِلُ استْشفافَ الموْضوعِ.. اكْتشافَ حالَتي المِزاجيّةِ الحاليّة بالضّبط.

كنْتُ برأيه انْسانةً متقلّبةَ المزاجِ بسرعةٍ، أستطيعُ الانْتقالَ منَ السّعادةِ إلى الحُزْنِ بثانيةٍ، قدْ ينْفجرُ بركانٌ غاضبٌ من قطّةٍ كسولةٍ نعِسةٍ تغْفو بِهدوءٍ قُرْبَ منْ تُحِبّ، غامضةٌ جدّاً رغْمَ وُضوحي، كشْيفرةِ دافِينشي بالنّسبةِ له أحْياناً.

بدأ يسألُني بإلْحاحٍ عنْ سببِ صمْتي، ولمْ يكنْ يدركُ أنَّ خلْفَ هذا الصّمتِ كلامٌ كثيرٌ يضجُّ في الأعماقِ ولا أريدهُ أنْ يسْمَعُه، أمورٌ كثيرةٌ بدأتْ تتغيّرُ بينَنا تشغلُ بالي وتُقلِقُني، أسئلةٌ أعْجزُ عنْ إيجادِ أجوبةٍ لها، عتابٌ وإحساسٌ بِتَزَعْزُعِ الأمانِ وتخلخُلِ الجسْرِ المُمتدِّ بيني وبينهُ، شيءٌ ما ينهارُ ولمْ أكنْ أعْرفُ ما هوَ ولِماذا أو ماذا أقولُ لهُ.. فأكْتفي بحرْقِ سيجارتي

وحرْقِ أفكاريَ ومشاعِري معْها، والعودةِ منْ جديدٍ إلى كهْفِ الصّمْت.

تغيّرَ كثيراً بعْدَ سفرِهِ، وكأنّهُ قدْ عادَ إنْساناً آخرَ يلفّهُ الغُموض، دائِمُ الشّرودِ سريعُ الانْفعالِ، وأنا الّتي لَطالما أحببْتُ فيهِ شفافيّتهُ وروحهُ الرّقيقةِ الّتي لا يعكّرُ صفْوها شيْء. كلُّ المشاكلِ بالنّسبةِ لهُ ذُبابٌ تافِهٌ، يمْكنُ القضاءِ عليْهِ بكلِّ سُهولةٍ دونَ أن يتغيّرَ مزاجُهُ أوْ يغْضبَ لوهلةٍ. الآنَ صارَ الذّبابُ بالنّسبةِ لهُ ضيْفاً ثقيْلاً جدّاً، يعْجزُ حتّى عنِ التّلويحِ لهُ كيْ يذْهبَ بعيْداً.

يبْدو أنَّ ذاكَ اللّقاءِ الصّامتِ قدِ اسْتفزّهُ، فنهضَ عن كُرسيهِ وقال: "هلْ تعلمينَ أنّي بدأتُ أسأمُ مزاجَكِ المُتقلّبَ دونَ أسبابٍ.. يبدو كأنّكِ مصابةٌ بانْفصامِ شخصيّةٍ حادّ!"

مضى وتركَني خلْفهُ تحْتَ تأثيرِ صفْعةٍ عنيْفةٍ ما تخيّلْتُ يوْماً أنْ أتلقّى مِثْلها منه.. هوَ بالذّات!

إذاً أنا مريضةٌ نفسيّةٌ مجنونة، ربّما أكونُ كذلكَ منْ وجْهةِ نظرِهِ (المُفاجِئةِ)، وربّما كانَ يراني كثيرٌ منَ النّاسِ هكذا.. ولعلَّ هذا هوَ السّببَ في خسَارتي لكثيرٍ منَ الأشخاصِ منْ حولي عاماً بعدَ عامٍ.. وتغْييرِ عملي أكْثرَ منْ أرْبعِ مرّاتٍ خِلالَ سِتّةِ أعْوامٍ.

لمْ أكنْ ضعيفةَ الشّخصيّةِ ولكنْ شديدةَ الحساسيّةِ وتلْكَ مُصيبَتي الكُبرى، كنتُ أرى العالَمَ دوْماً مُلوّناً بألوانِ الطّيْفِ، والنّاسُ فيهِ ملائكةٌ منْ دونِ أجنحة. أتوهُ أحياناً بينَ الواقعِ والخيالَ فأنْجرفُ في مشاعري وأُغيّبُ في كثيرٍ منَ المواقِفِ دوْرَ العقْلِ فأخسرُ كلاهُما.

طيبَتي معِ النّاس حوْلي كانتْ أخطرَ نقاطِ ضعفي، لستُ أُتقنُ اكْتشافَ الأشخاصِ بِسرعةٍ، فجميعَهم في البدايةِ رائعون ومِثاليّون، أتعلّقُ بهمْ بشدّةٍ وأبدأ في بذْلِ كلِّ ما في وسعي أوْ حتّى فوْقَ طاقتي بالاهْتمامِ بهم وإسْعادِهم.. إلى أنْ تسقُطُ الأقْنعةُ وتسقُطُ معَها الكثيرُ من الدُّموعِ الّتي تتْركُ فوقَ شِغافِ القلْبِ نُدوباً عصيّةً على الشّفاء.

كانتِ الحياةُ تقدِّمُ ليَ الكثيرُ من الإشاراتِ والعلاماتِ الواضِحةِ بشدّة، تُحذِّرُني منَ التّورُّطِ والتّمادي في آمالي وأحلامي، ولكنْ عنْدما تيْئسُ منّي فإنّها تصْفعُني بشدّةٍ، تُجبرني على الصّحْوِ ورُؤْيةِ العالمِ كما يجبْ.. إنَّ الحياةَ تكْرهُ الحمْقى...!

خيْباتُ الأملِ الّتي تعرّضْتُ لها على مرِّ السّنين، وخاصّةً منْ أُناسٍ عنُوا ليَ الكثيرَ الكثيرَ، جعلتْني إنسانةً هشّة، قابلةً للانْهيارِ بِسرعةٍ، كأنّني بُرْجٌ ولكن.. مَبْنيٌّ من ورق الشّدّة.

أحببْتُكَ أكثرَ مِمّا ينْبغي.. أحببْتَني أقلَّ مِمّا أسْتحقّ

كانتْ تلكَ الرّوايةَ المفضّلةَ عنْدي لِلكاتِبةِ (أثير عبد الله النّشْمي)، تُشْبِهني في شخْصيّتِها واندْفاعِها بشدّةٍ في حُبِّ رجلٍ لمْ يكنْ مُخْتلفاً عنْ سائرِ الرّجال.

الرّجالُ بطبْعِهم كالأطفالِ، تُغريهِمُ وتجذْبهِمُ الألعابُ الجديدة، وخاصّةً تلكَ الّتي يصْعبُ الحُصولُ عليها، ولكنْ ما إنْ يمتلِكوها حتّى تُصبحَ مجرّدَ إضافةٍ إلى صُنْدوقِ الألعاب.. ويعودونَ لِلبحْثِ من جديدٍ عمّا يثيرُ حماسَهم أكْثر.

لا أدْري لِماذا كنْتُ أراهُ الطّفلَ الوحيدَ الّذي نضجَ أخْيراً، طفْلٌ يقدّرُ قيمةَ الأشياءِ ولا يُفرّطَ بِها، هوَ رجلٌ يَصدُقُ القولَ والفعْلَ والإحساس.. وما صَدَقتْ فيهِ ظُنوني!

كانَ خِلافُنا الأخيرِ حوْلَ نفسيّتي المريضةِ بدايةً لـسلسلةٍ مِنَ الخِلافات، ذاكَ الشّغفُ في عينَيهِ فقدَ بريقَهُ، ولسانَهُ المعسولُ باتَ ثقيلاً قليلَ الكلام.. اهْتمامهُ بي تضاءَلَ حتّى

أصبحَ قزماً مُعاقاً غريبَ الشّكلِ.. لم أعُدْ أُعاتِبُهُ على شيءٍ من تصرّفاتِهِ الّتي باتتْ تُؤذي قلْبي بشدّة، فكلّما فتحْتُ فمي كانتِ الكلماتُ تطيرُ منهُ وتتوهُ في الهواءِ ولا يصِلُ إليهِ مِنها سِوى همْهماتٍ غيرَ مفهومةٍ، فكيفَ عسايَ أطلبُ منهُ أنْ يفهمَ إنْ كانَ لا يسْمع؟

كلُّ الأمورِ اللّطيفةِ الّتي كانَ يدلّلني بها اخْتفتْ، أبسطُ التّفاصيلِ الّتي تُسعِدني أصبحتْ صعبةً عليهِ، أيُّ شيءٍ أطلبُهُ ويأتي بعدَ إلْحاحٍ أجِدهُ غريباً عكسَ الّذي قد كنتُ أتوقّعهُ، فالأمورِ الّتي تُمنَحُ من خارجِ القلْبِ لا يمكنُ إلّا أنْ تكونَ مُزيّفةً قبيحةً.

اسْتبدلَ مُكالماتَنا الطّويلةَ وجلساتَنا معاً ببضعِ عباراتٍ باردةٍ يُخرسُني بها يوماً بعدَ يومٍ، حتّى صارتِ الأيّامُ أحياناً تمرُّ دونَ تحيّةٍ منهُ ولا حتّى سؤالٍ عنْ أحوالي!

مرَّ ذاتَ صباحٍ أمامَ مكْتبي ولمْ يلْتفِت.. كانتْ تلكَ المرّةَ الأولى الّتي يفْعلُ بها ذلك، أوْصلَ تصرّفهُ ذاكَ رسالةً شديدةَ الوضوحِ مفادُها: (ارْحلي.. انْتهتْ قِصّتُنا).

أيُعقلُ أنْ تنتهي قِصّتُنا الخياليّةُ بهذي النّهايةِ المُقيتةِ؟ قِصّتُنا الّتي كتَبَها هوَ ورسمَ كلَّ ملامِحها وتفاصيلَها برقّةٍ وعذُوبةٍ، منْ أينَ أتتْهُ كلُّ هذهِ القَسْوة في كتابةِ خاتمتِها بهذا

اللّونِ الأسودِ ويُعلِنُ الحِدادَ على حبٍّ لمْ يمُتْ بعدُ؟ كيفَ استطاعَ أنْ يُلغيَ وجودي من حياتِهِ بكبْسةِ زرٍّ؟ وأنا الّتي كنتُ ذاتَ يومٍ "كلَّ حياتِه"!

أرادَ أنْ يرْحلَ فجأةً من دونِ أسبابٍ ولا مُقدّماتٍ، ليْتَهُ على الأقلِّ احْترمَ ما كانَ بينَنا يوماً، ليتَهُ واجَهني، صارحَني، أخْبرني أنْ أتوقّفَ عنِ انْتظارِهِ واخْتلاقِ الأعْذارِ لتصرُّفاتِهِ وغيابِه، ليتَهُ ما أهانَ كِبريائي وأضاعَ كلَّ المفاتيح.

"ظَنَنْتُهُ رجُلاً.. ونسيْتُ أنَّ بعْضَ الظّنِّ إثْمٌ!"

فاتن حمّود

حاولْتُ ابْتلاعَ غصّةٍ كبيرةٍ كادت تخْنُقني، أن أخفيَ سيْلاً منَ الدّموعِ لو انْهمرَ لغرقتِ الدُّنيا بهِ، حاولْتُ التّظاهرَ بشدّةٍ بعدمِ الاكْتراثِ ومواصلةَ العملِ بِهدوءٍ قدْرَ الإمكانِ، لكنّني وجدْتُ نفسي أجري صوْبَ الحمّامِ وأتقيّأُ كُلَّ ما في جَسدي من قهْرٍ وظُلْمٍ و.. نَدَم.

اسْتأذنْتُ منْ مديرِ المصْرفِ وعُدْتُ باكراً إلى بيتي بِحجّةِ المرضِ، وواصلْتُ البُكاءَ حتّى قاربَ موعدُ وُصولِ الأولادِ،

غسلْتُ وجهي وأعدْتُ ترتيبَ ملامِحي، بصعوبةٍ تمكّنتُ من إخفاءِ آثارِ الدّمعِ عن عيني وعنْ روحي.

استيقظْتُ في الصّباحِ التّالي وكُلّي وَجَل، كيفَ أذهبُ إلى العملِ منْ جديدٍ وأتحاشى رُؤيَتَه، كيفَ أستمرُّ بالتّمثيلِ بعدمِ اكتراثي ولا مُبالاتي وفي داخِلي تُقامُ مُحاكمةٌ لإنسان مظلومٍ يُجْلدُ دونَ أنْ يُعطى فرصةً لِيعرفَ أيَّ ذنْبٍ قدِ اقْترف.

ذلكَ اليومَ كانَ أشدَّ رُعباً وألماً من كلِّ كوابيسي، كلُّ شيءٍ هُنا يذكّرُني بهِ، في كُلِّ ممرٍّ أراهُ، كلُّ النّاسِ هُنا تحْملُ وجهَهُ، كلُّ الأصواتِ لها صَوْتَهُ، للأماكنِ ذاكِرةٌ كثيرةُ الكَلام.

شاءَ قدري البائِسَ أنْ يُعقدَ اجْتماعٌ للموظّفينِ هذا الصّباحِ في قاعةِ الاجْتماعاتِ، مكانٌ يرُغمني على التّواجدِ مَع منْ بتُّ أتجنّبه، أهربُ من عيونِ النّاس لأخفيَ عنهمُ ملامِحي فأراهُم يتجمْهرونَ حوليَ أكثر. دخلْتُ القاعةَ أبْحثُ عنْ كُرسيّ ما في أقصى زاويةٍ أو خلْفَ عمودٍ أو شجرةٍ صِناعيّةٍ أو حتّى ساعةٍ جداريّةٍ، أيُّ شيءٍ قدْ يُخْفيني.. ويُخفيَهُ عنّي! ولكنَّ حظّيَ التّعيسَ رفضَ أنْ يتْرُكني وشأني، فالمكانِ الوحيدِ الشّاغرِ هو الكُرسيُّ المجاوِرةُ لهُ، ماذا أفعلُ؟ تسمّرْتُ عاجزةً عن التّحرُّكِ خُطوةً كأنَ سبْعين وتداً امْتدّوا من أوصالِيَ وثبّتوني في مكاني، أشَارَ إليّ المُديرُ كي أُسرِعَ بالجُلوسِ حتّى يبْدأ بكلامِهِ، فلمْلمتُ

شتاتَ نفسي ومضيْتُ نحوَ الكرسيّ والأرضُ تحتَ قدميَّ باتت شوْكاً حادّاً يخْترقُني حتى قمّةِ رأسي، جلسْتُ بجانبِهِ وأنا أنكمِشُ في مكانيَ أكثر وأكثر..

لمْ يُكلّمْني ولمْ يلْتفِتْ إليَّ حتّى، كأنّني غيرُ موجودةٍ أو شبحٌ غيرُ مرئيٍّ، لكنّ عِطرهُ الّذي أعشقُ كانَ أكثرَ وفاءً منْهُ، جَرى نحْوي يسْري في كلِّ خلاياَيَ ويخْفِقُ دِفئاً في ثنايا الرُّوح.. لمْ أعُدْ أسمعُ أيَّ شيءٍ منْ حوليَ سوى صوتِ ضرباتِ قلبيَ الّتي بدأتْ تعْلو وتزْدادُ سُرعتِها أكثرَ فأكثر، ثمَّ بدتِ القاعةُ كأنّها تتحرّكُ بفعْلِ زلْزالٍ مُفاجئٍ وما لبثتْ أن بدأتْ تدورُ بشدّةٍ وانْطفأتْ كُلُّ الأنوارِ في عيْني.

ما إنْ عادَ النُّورِ يتسلّلُ بينَ جُفْنَيَّ المُتورّمَيْنِ حتّى وجدْتُ نفسيَ في سريرٍ أبيضَ، مُوصولةٍ ببعْضِ الأجْهزةِ الّتي تُراقِبُ نبْضي، ومحْلولٍ معلَّقٍ في يدي لا أعْرفُ ما حاجَتي لهُ، كلُّ شيءٍ بدا غريباً غامِضاً، وألفُ سؤالٍ يناديَ من يُجيب.

جاءني الطّبيبُ مُبتسِماً، تفيضُ من ملامحِهِ الطّمأنينةَ وقال:

- كيفَ أصْبحْتِ الآنَ، أتشْعُرينَ بالتّحسُّن؟
- نعمْ، قليلاً، شُكراً لك.. ولكنْ ما الّذي حصلَ لي بالضّبْطِ؟

- لا تقْلقي لا شيءَ مخيف، يبدو أنّكِ تُرهقينَ نفْسكِ أكثرَ مِمّا ينْبغي، أنْصحُكِ بأخْذِ إجازةٍ تسْتعيدين فيها قُوّتُكِ لأجْلِ المُحافظةِ على سلامَتِكِ وسلامةِ الجَنين.

جَنينُ؟ جَنينُ من؟ نزلتْ كلماتُهُ كالصّاعقةِ عليَّ وربطتْ لساني، فلاحظَ دهْشتي وذُهولي وأدْركَ جهْلي بهذا الحمْلِ غَيْرِ المُتوقّعِ فتابعَ كلامَهُ: أنتِ حُبْلى في مُنتصفِ الشّهرِ الثّالثِ، ألمْ تُلاحِظي غيابَ آخرِ دورَتَيْنِ شهْريّتَيْنِ؟

نعمْ، لمْ أكنْ ألاحظُ غيابَ دورَتي الشّهريّةِ بلْ نسيتُها تماماً، كانتِ الأيّامُ تمرُّ بغرابةٍ بالنّسبةِ لي، مُتقلّبةُ الحالِ عديمةُ الثّباتِ، تارّةً تُجبِرُ خاطِري بساعةٍ جَميلةٍ بِجانِبهِ، وتارّةً تُبعْثرُني بعيْداً عنْهُ لساعاتٍ وأيّامٍ، فأتوقّفُ فيها عنِ احْتسابِ كلَّ يومٍ يمرُّ مِنْ دونه.

كنْتُ أعتقِدُ أنَّ سببَ الغثيانِ والدُّوارِ هوَ غضبي وحُزنيَ الشّديدَيْنِ، لمْ يخْطرَلي أيُّ احْتمالٍ آخرِ كهذا!

سألْتُ الطّبيبَ عنِ الوقْتِ المُتوقّعِ لِحدوثِ الحمْلِ بهِ وفْقاً لِحساباتهِ، وإذْ بهِ قدْ حدثَ في أُسبوعٍ كانَ زَوجي خارجَ البلادِ فيهِ! يا لِلكارِثة.. يا لِلمُصيبة! إنّي أحْملُ في أحْشائَ ثمرةَ حُبّي.. ثمرةَ خَطيئَتي وحماقَتي.

وعُدْتُ بِذاكرتي ليومٍ كنْتُ فيه مُستلْقيةً بجانبِهِ، توسّدْتُ صدْرَهُ الدّافِئ وصِرْتُ أُصغيَ إلى صوتِ نبضاتِ قلْبهِ الّذي أحْببْتُ، حتّى غَفوْتُ بينَ ذراعَيْهِ لدقائقَ قليلةٍ كانتْ أعْمقَ وألذَّ منْ نومٍ ألْفِ ساعةٍ.

اسْتيقظْتُ لأجدهُ يتأمّلُ ملامِحي ويبْتسمُ بعذوبةٍ، وقالَ لي:

- ها؟ بماذا كُنتِ تحْلمينَ أيّتُها الأميرةُ النّائمة؟

- أوووه.. لقدْ كانَ حلماً قصيراً فائقَ الرّوعةِ، حلِمْتُ أنّني لمْ أتزوجْ بعد، ورأيْتُكَ تجلِسُ معَ أبي تطْلُبَني أكونَ عروسُكَ، أخْبرتُهُ عنْكَ كثيراً ويعْلمُ بشدّةِ حُبّيَ لكَ فيُباركُ لنا، رفعْتَ عينيكَ إليّ وابْتسمتَ، وغمزْتَني غمْزةً خاطِفةً خطفْتْ معها كلَّ أنْفاسي..

- حسناً، وأينَ سنقيمُ حفْلَ الزّفافِ يا عروسي الجميلة؟

- مممممم، منْ قالَ لكَ أنّي أريدُ حفْلاً كبيراً؟ تعالَ وخُذْني من بيتِ أهلي في سيّارةٍ سوداءَ مُزيّنةٍ بالوزْدِ الأحْمرِ.. سأكونُ بانْتظارِكَ مُرتديةً فستاني الأبيضِ وأنتَ تطيرُ فرحاً عنْدما تراني وتقبّلُ يديّ ورأسيَ عشراتِ القُبَل.. ثمّ سنذْهبُ فوْراً إلى المطارِ ونسافرُ في شهرِ عسلٍ إلى مدينةٍ ما.. نغْرقُ سويّةً في حلاوتِه.

أمْسكَ يدي وقبّلَها بلطفٍ وجذبني إليهِ أكثر، ثمّ قال:

- ماذا عنِ الأطْفالِ؟ ألمْ تحلُمي يوماً بأطْفالِنا؟

- بلى. سنُرزقُ بصبيّ وبنْت. سأُسمّي الصّبيّ (صَخْر) والبنْتُ (قَمَر).

- ولِماذا اخْترْتِ هذهِ الأسْماءُ بالذّات؟

- لأنَّ صخْراً سيكونُ قويّاً عنيداً كوالِدهِ.. أمّا البنْتُ.. حتْماً ستكونُ قَمَراً كأُمّها!

غرِقْنا في مَوْجةِ ضَحكٍ وعِناقٍ حارٍّ، تجاهلْنا واقِعنا الّذي كانَ شديدَ البُعْدِ عنْ حلُميَ الوَرديّ وتفاصيلِهِ، لا هوَ سيخْطِبُني، ولا أنا سأكونُ أبداً عروسَه، لن نذْهبُ في شهرِ عسلٍ، أو حتّى سُكّرٍ أسْمرَ.. ولكنّني اليومَ أحْمِلُ في أحْشائيّ طِفْلَهُ.. صَخْرٌ هو أمْ قَمَر؟

يا إلٰهي، ألمْ يتحقّق مِنْ أحلامِيَ إلّا ما صارَ كابوساً!

انْطفأتِ الأنْوارُ مِنْ جديدٍ في عينَيّ، وتمنّيْتُ لو تبْقى مُطْفأةً إلى الأبد..

منَ الطِّينِ جِئْتُ.. وبهِ غرِقْتُ

شيءُ ما بدأ يجْذِبُني إلى الأعْماقِ أكثر، مُسْتنْقعٌ من طِينٍ سامٍّ يقْتلُني بِبُطْءٍ، كلُّ شيءٍ ينْهارُ حولي وأعْجزُ عنْ إيقافِ هذهِ الأفعوانيّةِ المرْعبةِ.

تركْتُ عمَلي، أقْفلْتُ خطَيَ كيْ أبتعِدَ عنْ فُضولِ النّاسِ واهْتمامَهمُ المُزيّفِ، اعْتكفْتُ في بَيتي لأيّامٍ أحاولُ فيها اسْتيعابِ ماهيةِ هذا المُستنْقعِ الّذي قدْ أغرقْتُ نفسيَ فيه..

آلافُ الأسئلةِ كانتْ تتزاحمُ في دِماغيَ وتُرهقُني أكثر، النّومُ باتَ زائراً نادرَ القُدومِ، لا تستطيعُ معِدتي تقبُّلَ أيِّ نوْعٍ من الطّعامِ، وإنْ أرْغمْتُها فهيَ تُرغِمُني بدوْرِها على تقيُّؤهِ بشدّةٍ عقوبةً لي.

كنْتُ أنظرُ في مرْآتي فأجدُ شبحَ امْرأةٍ ميّتةٍ، امْرأةً مشْلولةً يُطاردُها جيْشٌ منِ المخْلوقاتِ المسْعورةِ، أرْغبُ بالصُّراخِ بشدّةٍ فيخْذِلُني صوْتي، ما عادَ لي قوّةٌ على الصُّراخِ ولا حتّى على

الكلام. ورغمَ كلُّ هذا الضّعْفِ، ظلَّ الجنينُ العنيدُ قابعاً في أحْشائي يُذكّرُني بهوْلِ خطيئَتي.

ماذا سأفعلُ بهِ في بلدٍ يرْفضُ الإجْهاضَ ويعْتبرهُ جريْمةً، وأيُّ جريمةٍ قدْ تكونُ أفْظعُ مِمَّا فعلْتُ؟ كيفَ أُزيّفُ التّواريخَ وأدّعي أمامَ زوجي أنَّ هذا الطّفلَ لهُ، وماذا عنْ والِدِه الحقيقيّ.. هلْ سأُخْبِرهُ يوْماً ما؟ هلْ سيُصدّق؟ هلْ سيكتَرِث؟ ساعدْني يا ألله.. ساعدْني يا أللّللللللللللللللللله!

ووجدْتُ نفسيَ بحاجةٍ إلى صَلاةٍ ما، صلاةٍ قدْ أهْملتُها حتّى نسيتُها، وا خجليَ منْكَ يا ربّي! كيفَ أعودُ إليكَ مُثْقلةً بالخطايا وأطلبُ منْكَ الصّفْحَ والمغْفِرة؟

هأنا اليومَ أغْرقُ أكثرَ في وحْدتي، ضعْفي وخَوْفي وندمي، حُزْني وغضبي وحنِيني.. أعْجزُ عنْ انْتشالِ نفسيَ منْ هذا المُستنْقعِ.. أعْجزُ عنْ تخْليصِ نفسيَ وإنْقاذِ ما تبقّى منّي لأجْلِ أطْفالي.. أطْفالي الّذينَ بِتُّ أرى اليومَ أنّي لا أستحقّهُم، ولا همُ يستحقّونَ أمّاً فاشِلةً مِثلي...

ثُقْبٌ أسْوَد

لطالَما اعْتَدْتُ أنْ أشكو إليهِ هذا العالَمِ المُوحِشِ الغريبِ، وحْدَهُ يَمْنحُني فيهِ السَّعادةَ والأمان، اليومَ أرى نفسيَ مخْذولةً منْهِ حتّى الانْكِسار.. انْكِسارٌ يعْجزُ العالَّمَ كلّهُ عنْ جبْرِه.

لمْ يعُدْ لديَّ أيِّ احْترامٍ لِذاتي. أنا الّتي عِشْتُ عمريَ أطْمحُ بالمجْدِ والتّألّقِ والنّجاحِ، أوْصلْتُ نفسي لأقْصى درجاتِ الذّلِّ والتّفاهة.. أنا ما عِدْتُ سِوى عُشْبةٍ بحْريّةٍ عفِنةٍ تتقاذَفُها الأمواج.. يبْصقُها البحْرُ فيُعيدُها الشّطُّ إليهِ منْ جديد.. حتّى رمالُ البحْرِ تأْباني.

تمنَّيتُ كثيراً لوْ كانَ لديَّ أُخْتٌ أبوحُ لها ما أصابني، أشْكو لها حالي وتشِدُّ على يَدي، تدْعمُني منْ دونِ أحْكامٍ ولا عِتابٍ ولا مَلام، تسْنِدُني حتّى يشْتدَّ ساعِدي وأنْهضَ منْ جديد، لا أختٌ لديَّ لتسمعَ ولا صديقةٌ أثقُ بها، لا طبيبةٌ نفسيّةٌ تسطيعُ حلَّ مُشْكلتي ,ولا خبيرٌ، الله لنْ يعجزَ عنْ إنْقاذيَ وهوَ على كلِّ شيءٍ

قدير، ولكنّني متأكّدةٌ أنّي لا أسْتحِقُّ غُفْرانِهِ ولا رَحْمتِه.. حتّى إيماني خسِرْت.

ولِهذا قرّرْتُ كتابةِ اعْترافاتيَ هذي، رغْمَ أنّي أعْلمُ أنّ أكثركُم سيبْدأُ بجلُديَ ورجْميَ والتّفنُّن في ابْتكارِ الشّتائِم والإهانات.. وربّما ستُهيّئُ العجائزُ أنفسهُنَّ للزّغردةِ بعدَ أنْ يتِمَّ ذبْحيَ (غسْلاً لِلعار!)

لكنّ أيٍّ منْ ذلكَ لنْ يحْصُلَ ولنْ أمنحكُم فُرصةً لتعْذيبي وخنْقي وقتْلي أكثَر مِمّا أنا فيهِ، أعتقدُ أنّني قدْ نِلْتُ منَ العِقابِ ما يكْفي كي يغْسلَ عنّي ألمي وندمي.. أشْعرُ أنّني الآن قدْ بتُّ أخفَّ وأكثَر اسْتعداداً.. للطّيران..

سامِحوني.

رُوح

طيران؟ ماذا تقْصِدُ بالطّيران؟

رميْتُ الدّفترَ وجريْتُ بسرعةٍ صوْبَ البابِ، قلْبي يخْفِقُ خوْفاً وفزعاً منْ كلماتِها الأخْيرة.. أيُعقلُ أنْ تكونَ قدِ اسْتسلمتْ حقّاً وفقدتْ رِغبَتها بالحياة؟ ذاكَ حقّاً ما أخْشاهُ.. أينَ أنتِ الآنَ يا رُوح؟

وبدأتُ أجري بحْثاً عنْها علّيَ أتمكّنُ منْ إنْقاذِها.. منْ رَدْعِها عمّا يبدو أنّها عازمةٌ على فعْلهِ، كنتُ ألومُ نفْسيَ بشكلٍ كبيرٍ لأنني لمْ ألاحظْ حُقولَ البنفْسجِ الّتي كستْ أسْفلَ عينَيْها، عِظامُ وجنتَيْها اللّتينِ قدْ برزتا أكثر وسْطَ شُحوبِها الحَزين، لمْ أُعْطِها الاهْتمامَ الّذي كانتْ بأمسِّ الحاجةِ لهُ، لمْ أعْرفُ حتّى رقمَ هاتِفها كي أتمكّنَ منَ الاتّصالِ بِها ولا أعْرفُ أينَ تسْكُن.

ركضْتُ إلى حارسِ العمارةِ أسألهُ عنْ عِنوانِها، ثمَّ تذكّرْتُ أنّي لا أعرفُ أيضاً اسْمَ زوجِها أيضاً. لفتَتْ نظري امْرأةً في الشّارعِ تحمِلُ صغيراً تُغطّي عينَيه بيدِها وتجْري بهِ، وآخرونَ يتوافدونَ جَرْياً وهمْ يصيحونَ كسرْبٍ منَ الغُرْبانِ السُّودِ.. شعرْتُ بقلبيَ يهْوي أرضاً ويرتطِمُ بِها حتّى أحدثَ فيها فجْوةً كبيرةً ابْتلعتْني، عجِزْتُ عنِ التّحرُّكِ خُطْوةٍ واحدةٍ، ولمْ أقْوَ على مُشاهدةِ ما قدْ يكونُ عصيّاً على النّسيان.

رُوحُ لمْ تشأْ أنْ تُغادرَ الدُّنيا ضعيفةً، بلْ تحدّتْ خَوفَها الأكْبر، فوبيا المُرْتفعات..

رُوح أرادتِ الطّيرانَ بعيداً إلى حيثُ لا زمانٌ يمرُّ كالعلْقمِ، لا مكانٌ يضِيقُ عليها حتّى الاخْتناقِ.. ولا بشر.. لا خوْفٌ ولا وحدةٌ ولا ندم..

سلامٌ منّي لروحٍ.. سلامٌ منها لسائرِ الأرواح.

"إنْ أحببتكَ امرأةٌ تهوى الكِتابة، فإنها تهديكَ النجوم..
أسمِعتَ عن حُروفٍ تشيخُ يوماً أو تموت؟"

(أُرفح)

بعْدَ مرورِ بِضعةِ أسابيعٍ على نشريَ لقصّةِ روحٍ في مواقعِ التواصلِ الاجتماعيّ باسْمٍ مُختلفٍ احتراماً لها، وصلني كمٌّ هائلٌ من الرّسائلِ والرّدود التي اتّصفَ أغلبها بالقسوةِ والظّلم من قِبَلِ معْشرِ الرّجالِ، أمّا الرّسائلِ النسائيةِ المتواضعةِ العدد فقد بدتْ أكثرَ تفهُّماً وتقبُّلاً وتعاطُفاً مع روح.

كنتُ أقومُ بحجْبِ كلِّ مُرْسلٍ بذيءِ الكلامِ، تافهَ الرّدِّ كحالِهِ، وأتقبّلُ ملاحظاتِ الآخرينَ مع احْترامِ آرائِهم ووجهاتِ نظرِهم، فلسْتُ بصددِ الدّفاعِ عن روحٍ أو تبريرِ كلّ ما حدثَ معْها أو مُناقشةِ تفاصيلِ حياتِها، فما هيَ إلّا قضيّةٌ تسلّطُ الضّوءَ على الأزقّةِ المُظلمةِ الّتي نخْشى أنْ يُلامِسها النّورِ فتنكشفُ فيها الخَبايا والفضائح.

كان هدفَي الأساسي من نشْرِ القصّةِ هوَ إيْصالِ رسالةِ روحٍ لكلِّ امْرأةٍ تشعرُ بالوحْدةِ والخَوفِ والضياعِ مثلها، رسالةٌ صارخةٌ للرّجلِ الشّرقيّ كيْ يفهمَ عقْلَ المرأةِ وقلْبها مِنْ خِلالِ إلْقاءِ الضّوءِ على أُمورٍ تشْتركُ فيها كلَّ نساءِ الأرْضِ، كيْ يتوقّفَ عنِ الاسْتخْفافِ بِما هوَ مُقدّسٌ وثمينٌ في نظرِها، دليلُ إرْشادٍ

للتّغييرِ في التّفكيرِ والتّعاملِ على أملِ الوُصولِ إلى عالمٍ يتّسمُ بالاسْتقرارِ والأمانِ والسّعادةِ أكْثر.

هي محاولةٌ لكسرِ حاجزِ الصمتُ ونداءُ استغاثةٍ من آلافِ الأرواحِ الحزينةِ حولَ العالم.

قدْ يستخِفُّ كثيرٌ منَ النّاسِ بالأشخاصِ المُصابين بالاكْتئابِ، قدْ ينْعتوهُم بألقابٍ متنوّعةٍ مُهينةٍ حقيرة، يبْتعدونَ عنْهم خوْفاً منْ عدوى الطّاقةِ السّلبيّةِ، يسْتخفّون بهمومِهم الظّاهرةِ ويُنْكرونَ وجودَ أمورٍ خفيّةٍ تنْهشُ الرُّوحَ في الصّميم.

الحُزْنُ ليسَ حالةً نفسيّةً عابرةً، بلْ هوَ أشدُّ خُطورةً من مرضِ السّرطانِ، فإنْ لمْ يتِمَّ اكْتشافَهُ وعلاجَهُ مُنْذُ البدايةِ فإنّهُ يتفّشى ويُصبحَ أكْثرَ شراسةٍ وفتْكاً بالرّوحِ والجَسدِ على حدٍّ سواء.. الحُزْنُ مرضٌ حقيقيٌّ يحْتاجُ فيهِ المرْءُ إلى منْ يعْتنيَ بهِ، أنْ يفْهمهُ ويشْعُرَ بهِ ويساندهُ بدلاً منَ الاستخفاف بهِ.. إنَّ معدّلَ حالاتِ الانْتحارِ بسببِ الاكْتئابِ حولَ العالمِ لا يقلُّ عنِ الوفيّاتِ بسببِ السّرطان.. أما آنَ أنْ لنا أنْ نعْتبِرَ ونُغيّرَ نظْرتَنا ومشاعِرنا وأفكارَنا مع النّاسِ حوْلَنا؟

قصّةُ روحٍ أيضاً كانت.. دعوةً للتّسامحِ والغُفران.

****

أصابَني إدمانٌ على الحاسوبِ وهاتفي المحْمولِ لمُتابعةِ كلّ التّعليقاتَ والتّداعياتِ حولَ القصّةِ، حتّى اسْتولى على أغْلبِ وقْتي، صِرْتُ أبْدأُ صباحِيَ بقهْوتي السّادةِ وسيجارتَيْنِ وبريدٍ يعُجُّ بالرّسائلِ، وأغْفو أحْياناً أمامَ الشّاشةِ وأتابعُ المُحادثاتِ في أحْلامي.

معْ مُرورِ الأيّامِ بدأتِ الرّسائلُ تقِلُّ أكثرَ والكلامُ ينْقصُ ويتضاءلُ، وتبْدأُ مساحةُ الحرّيّةِ تتّسعُ، فأعودُ إلى مطْبخي وأُحضّرُ وجبةً شهيّةً من بعْدما اعْتدْتُ طلبَ الأطْعمةَ السّريعةَ الجاهِزة، صِرْتُ أخْرجُ أحْياناً لِلْمشي في حارَتِنا وأتجنّبُ النّظرَ إلى أعالي العِماراتِ حتّى لا أتخيّلها تقِفُ هُناك كما ظلّتْ صُورتُها الأخيرةُ محْفورةً في دِماغي.. كنْتُ أشعرُ أنّ قِصّتها أثّرت في حياتي بشكْلٍ عميقٍ ولمْ تكُنْ أبداً مطراً عابراً.

قرّرْتُ أخيراً أن أتوقّفَ عنْ مُتابعةِ القصّةِ والبحْثِ عن موضوعٍ جديدٍ أكْتبهُ ويشْغلُني عنْها، ولكنّها لا زالتْ تسْكنُ ذاكِرتي وتسْتعصيَ الغيابَ عن فِكري لا ليلاً ولا نهاراً، ولذلكَ فكّرتُ أنْ أبْدأ بحذْفِ القِصّةِ من المَواقعِ الّتي أُشْرفُ عليْها، ثُمّ أسْتبدلها بموضوعٍ آخرٍ وأتركُ لِلوقْتِ مهمّةَ النّسيان.

الحاديةُ عشرَةَ والنّصفَ ليلاً، أفتحُ حاسوبي لأُحذفَ القصّةِ على مضضٍ، تنْبثقُ من بريدي رسالةٌ وحيْدةٌ تومِضُ، رسالةٌ يتيْمةٌ على خِلافِ كلِّ الرّسائلِ الّتي جِئْنَ قبْلها مُتزاحماتٍ مُتراصّات. لا ضَيْرَ في قِراءةِ رِسالةٍ أخيرةٍ:

"اشْتقْتُ لها بِشِدّةٍ.. إنّي أخْتنق.."

استوقفتْني تلكَ الرّسالةُ المُختلفةُ عن غيرِها شكلاً ومضْموناً وإحْساساً، نظرْتُ إلى اسْمِ المُرسِلِ فلمْ يبْدُ مألُوفاً لديّ، تردّدْتُ كثيراً في الرّدِّ عليهِ أمْ تجاهُلهُ فحسب..

رسالةٌ أخرى مِنْ نفسِ الشّخْصِ:

"هلْ تعلمينَ أيَّ شيءٍ عنْها؟ أخبارها؟ هلْ هيَ بِخيرٍ؟"

بدأتْ أصابِعي بالارْتِجافِ وشعرْتُ بالنّعاسِ يطيرُ بعيداً ويحلُّ محلَّهُ توتّرٌ غامِضٌ وتَوْقٌ إلى مُحادثةِ هذا الغريبِ المجْهولِ، هلْ هوَ...؟ لسْتُ أعْرفُ اسْمه حتّى الآن.. لمْ تكْشفْ لي عنْ هويّتهُ ولمْ أسمعْ بعْدها باسْمهِ أبداً.

- "تحيّةٌ طيّبةٌ صديقي.. يبْدو أنّكَ على صِلةٍ بصاحبةِ القصّة.. فهلْ لي أنْ أعرفَ أكْثرَ عنْك؟"

- "رُوحْ.. رُوحْ هيَ بطلةُ قصّتِك.. أو الأصحّ مِنْ ذلكَ.. بطلةُ قصّتُنا.."

قصّتي، قصّتُها، قصّتهُ قصّتنا.. وشعرتُ بها تصرخُ فيّ بشدّةٍ، ترْفضُ أنْ أمحوها وتصبحَ طيّ النّسيانِ، هلْ هيَ مُصادفةٌ أنْ يُراسلَني بذاتِ الوقْتِ الّذي قد قرّرتُ فيهِ إغْلاقَ هذا الملفِّ؟ أمْ إنّها علامةٌ منَ السّماءِ ويجبُ ألّا أتغاضى عنْها؟ مهْما يكُنْ منْ خيرٍ أوْ منْ شرٍّ سأعْرفه، سأمْضي في هذا الطّريقِ حتّى نهايتِه.

أرسلْتُ لهُ طالبةً رقمهُ ولمْ يرْفض، اتّصلتُ بهِ وبدأنا بالحديثِ الّذي امْتدَّ حتّى طُلوعِ الفجْرِ.. كانَ يسْألني باسْتمرارٍ عنْها ثمّ يتنهّدُ تنهيدةَ ندمٍ وحنينٍ جارفٍ.. ثمّ يعودُ لِيرويَ لي جانِبهُ منَ القصّةِ.. ذلكَ الجانبِ الّذي ما عادَ بمقْدورهِ كتْمانهِ أكْثر..

طلبتُ منْهُ في نهايةِ المُكالمةِ أن أقومَ بنشْرِ حِكايتهِ، فمِنَ الظُّلْمِ أنْ يكْتفي النّاسُ بسماعِ القصّة منْ شخْصٍ واحِدٍ.. ومنَ الظُّلْمِ أكْثرَ ألّا تعْرفَ روح حقيقةَ الشّخْصِ الّذي أحبّت.. الّذي خسِرتْ كلَّ شيءٍ لأجْلِ عينَيْه.

لَنْ أغْفِر

خِمْسَةَ أعْوامٍ كانِ عُمري يومَ ذاك، لكنّني لا زلتُ أذكرهُ كأنّهُ الأمْس.

يومٌ لا يختلفُ عنْ سِواه، قطّتُنا الرّماديّةُ تغْفو على حافّةِ الشّبّاك، تلوحُ بذيلها كلّ حينٍ مِنْزعجةٍ من كلِّ هذا الضّجيجِ الّذي يقْلقُ نوْمها، أخي الأكْبرُ يقْفزُ خلْفَ ضِفْدعٍ يُحاولُ الامسـاكَ بهِ غيرَ آبهٍ بشيءٍ سِواه، يدوسُ في الطّينِ مرةً وينزلُ تحتَ الأجمةِ الشّائكةِ مرّةً أخرى، المهمُّ أنْ يمْسكَ بالضّفدعِ المسكينِ مهْما كلّفَ الأمْر، كمْ كانَ يُعجبني إصرارهُ على الحصولِ على ما يُريد.. لمْ يكنْ يعرفُ معنىً للاسْتسلام.

أمّا أنا، فقدْ دحرجْتُ حجراً ثقيلاً حتّى وصلْتُ بهِ إلى أسْفلِ شُبّاكِ غُرفةِ والدَيّ، وقفْتُ على رُؤوسِ أصابِعي ومددْتُ جِسمي بكلِّ مفاصِلهِ حتّى شعرْتُ بطولِيَ كأنّهُ أصبحَ الضِّعْف، أمسكْتُ حافّةِ الشّبّاكِ كيلا أقعَ وتسمّرتُ مكانيَ متجسّساً عليهِما بفضولٍ وقلقٍ بالغَيْن..

لطالما اعْتادا على الشِّجارِ، بلْ منَ الغريبِ أنْ يمُرَّ يومٌ من دونِ أنْ أسمعَ صوْتَ أمّي يعْلو بغضبٍ مُقابلَ هُدوءِ أبي وبُرودتِهِ.. إلّا أنّ هذا الشِّجارَ كانَ يبْدو مخْتلفاً.. أبي الهادِئ فقدَ هُدوءَهُ أخيراً.

كانتْ أمّي ربّةَ منزلٍ مثاليّةٍ، تُتقنُ كلَّ المهامِ المنزليّةِ وتُبْدعُ في الطّبْخِ، تعتني بي وبأخي كثيراً وتهتمُّ بصحّتِنا ودراسَتِنا ومظهرِنا وتربيتِنا، لكنّها لمْ تكنْ أبداً مثاليّةً مع أبي ولمْ تعتنِ بهِ أو حتّى تحاول ادّعاءَ الاهْتمام به.. لمْ تحبّهُ يوماً رغمَ أنّهُ كانَ مُغرماً بها منْذُ صِباه، لَطالما عامَلها كأميرةٍ، كطفْلتِهِ الصّغيرة، واحتملَ منْها كلَّ طِباعِها القاسيةِ وبرودةِ مشاعرِها بكلِّ صدْرٍ رحْبٍ وبالٍ طويل.. في كلِّ مرّةٍ تفْتعلُ فيها شِجاراً كان يكْتفي بالصّمْتِ والامْتناعِ عنِ الرّدِّ عليها حتّى لا تتفاقمُ المشكلةِ أكْثر، ثمَّ يعودُ ويناقشها عنْدما تهْدأ وتصبْحَ أكثرَ اسْتعداداً للإنصات.

مسكينٌ أبي كمِ احْتملها طوالَ كلِّ تلكَ السّنوات، كيفَ تمكّنَ منَ البقاءِ وفيّاً مخْلصاً لها رغْمَ ابْتعادِها عنْهُ وسُهولةِ التّورّطِ مع امْرأةٍ أخرى سِواها.. ورغْمَ إخلاصهُ الشّديدِ إلّا أنّها أيضاً كانتْ دائمةَ الشكِّ فيه، تخْنقهُ وتحاصِرهُ بأسْئلتها وبحْثها عمّا قدْ يُجرّمهُ.. ويبْدو أنّهُ قدْ ضاقَ ذرعاً في نهايةِ المطافِ ولمْ

يعدْ يستطيعُ السّكوتَ أمامِ تلكَ الاتّهاماتِ والصُّراخِ المُهين، علا صوتُهُما بشدّةٍ وأنا أراقبُ منْ خلْفِ الشّبّاكِ وأصابعُ قدميَّ تكادُ تصابُ بالخدرِ.. لمْ أفهمِ الكلمةِ الّتي قالتْها لهُ حتّى انْفجرَ بعدَ صبْرِ سنينٍ، لمْ يتمكّن منَ احتمالِها أو مُسامحتِها عليْها فصفعَها صفْعةً قويّةً أسقطتْني أنا أرضاً منْ شدّةِ خوْفي..

عمَّ الصّمتُ لبُرهةٍ منَ الزّمنِ، خرجَ أبي إلى الحديقةِ ينْفثُ سيجارتَهُ ويحاولُ ضبْطَ أعصابِهِ، بيْنما دخلْتُ أنا أبحثُ عنْ أمّي ولكنّها كانتْ قدْ رحلتْ منَ البيْت.

وظللْتُ أنْتظرُها طوالَ اليومِ على عتبةِ البابِ حتّى غَفوْتُ منَ التّعبِ والنّعسِ والحُزْن..

بحثَ أبي عنْها كثيراً عنْدَ الأقاربِ والجيرانِ وصديقاتِها ولكنَّ خبراً عنْها لمْ يصلْه..

اخْتفتْ أمّي يومَها ولمْ يعرفْ أحدٌ بعْدها أينَ قدْ ذهبتْ، وما إذا كانتْ لاتزالُ حيّةً أو قدْ ماتتْ.. كلَّ ما أعْرفهُ أني بقيْتُ أنْتظرُها لأيّامٍ وأسابيع وشُهورٍ طويلةٍ.. تحوّلَ فيها حزْني إلى غضبٍ منْها لهجْرها لنا، إلى عتبٍ وحقْدٍ كبيرٍ لمعاقبتِها لنا على ذنْبٍ لمْ نرْتكبه.

كرِهْتُها جداً وتمنّيتُ لو أنْسى يوماً أنّهُ كانَ لديّ أم..

أنا اللّا مُنْتمي

ثلاثونَ عاماً مِنْ عمريَ مرّت، صنعْتُ مِنْ مُرِّ السّنينِ في داخِلي جبلاً مِنَ الصّخرِ، لمْ أسمحَ للضّعفِ أن يتسلّلَ يوماً في دمي، ولا لِلخوفِ أنْ يرْميَ وِشاحهُ الأسْوَدُ على كتِفي.. زرعْتُ في ظهرِيَ جناحيْنِ وطموحاً ملءَ السّماءِ يحْملُني بعيداً عنْ مدينتِنا الّتي كَساها الرّمادُ والدّم.

أنا لمْ أبِعْ وطني ولمْ أهرُب، لكنّ في خاطِري أحلاماً يغْتالُها البارودِ ويخْنِقُها دخانُ الحرائِق، أحلامٌ رفضْتُ أن أدْفنَها بجانبِ أخي الشّهيد..

أخي الّذي تميّزَ طوالَ سنينِ حياتِهِ بالإصْرارِ على الحُصولِ على ما يُريد، حصلَ أخيراً على منْحةٍ علْميّةٍ سافرَ فيها لدولةٍ أوروبيّةٍ عادَ بعدها متوّجاً بشهادةٍ كبيرةٍ في الهندسةِ الكيميائيّة، عادَ ليخدُمَ وطنهُ ويصبحَ رجلاً عظيماً مِنْ رجالاتِ العِلْمِ والإنسانيّة، ولمْ يكنْ يعلمُ أنّ مخطّطاً قذِراً كانَ يُحاكُ ضِدّهُ من أعداءِ العِلْمِ والانْسان، مِنَ الوحوشِ المتستّرةِ في

أثوابٍ طويلةٍ ولِحىً مقيتةٍ جاؤُونا ليعيثوا الخرابَ والدَّمارَ في بلادِنا المسالمةِ باسْمِ الدِّين!

تفجيرٌ غادرٌ نُصِبَ لهُ وهوَ في طريقِ ذهابِهِ إلى العملِ، ليلْتحقَ بعدهُ بصفوفِ الآلافِ منَ الشّهداءِ الأبرياءِ الّذينَ لمْ يكنْ لهمُ ذنبٌ سوى الإخلاصِ لوطنٍ باتَ اليومَ مرْتعاً للمُرتزقةِ وتُجَّارِ الدِّماءِ والخونةِ المُقنّعين..

حزمْتُ حقائبي ومضيْتُ إلى بلادِ الرّمالِ حيثُ لا موْتٌ يطرقُ الأبوابَ بلا ميعادٍ، لا فقْرٌ ولا بردٌ ولا جوعٌ يضْني الجَسد، بلادٌ أكونُ فيها غريباً وحيداً، عِوضاً عن بلادٍ ما عدْتُ أعرفُ فيها لا قَومي ولا أهلي...!

أنا رجُلٍ لمْ يعُدْ يعنينيَ الانْتماءِ إلى وطنٍ، كطيرٍ حرٍّ كلُّ الأرضِ منْزلهُ، ليس لي دِينٌ يقيّدُني، واللهُ في قلْبي أحملُهُ، اسْمي مجرّدُ حروفٍ على ورق، هويّتي وجْهةُ نظَر.. حرّرتُ نفسيَ من كل قيدٍ من الزّمانِ، من المكانِ، منَ البَشر.. وهامتْ روحي بعيداً حيثُ يطيْبُ العيشُ لها.

لمْ يكنْ وطني الجديدُ جنّةً، ولمْ تكنْ دروبُهُ مفروشةً بالحرير، لكنّني كنتُ كالسّنديانِ في عِناده، أثبتُّ نفسيَ في عملي بجدارةٍ خلالَ فتْرةٍ قصيرةٍ، تمكّنتُ منَ البدْءِ في صُنْعِ مستقبلي

كما تخيّلتهُ في صِغري، لمْ يكنْ التّعبُ سوى دَرَجٍ أتسلّقهُ
للوصولِ نحْوَ الأعلى.

كانتْ علاقَتي مع الجميعِ طيّبة، ولكنّني لمْ أكنْ شخْصاً
عاطفيّاً يتعلّقُ بالآخرين، لديَّ الكثيرُ منَ الأصدقاءِ أمْضي معهمُ
حُلْوَ الوقْتِ مساءً.. وتزورُ فِراشي زَيْنُ النّساءِ ليْلاً..

سوّرتُ قلبي وحصّنْتهُ ضِدّ حبِّ امْرأة، وحرّمتُ على عينيَ
السّهرَ لأجلِها، تكونُ صديقَتي نعمْ، زميلَتي نعمْ، ونيسَتي نعمْ..
لكنْ حبيبَتي.. لا وألفُ لا...!

حتّى إلى قلْبِ امْرأةٍ رفضْتُ الانْتماء..

دُروب

يمرُّ بنا العُمرُ في سيرٍ دؤوبٍ عبرَ الزّمنِ، منَ الماضي إلى الحاضرِ وصولاً للمُستقبلِ، لا تتوقّفُ الحياةُ في محطّةٍ وتنتظرُنا أن نسْتريح، ولا تسبقُنا وتتركُنا كنزْكٍ تائهٍ في فضاءٍ بلا حُدود.. هيَ دروبٌ نسيرُ بها منَ المهدِ إلى اللّحدِ.. دروبٌ قد تكونُ ساحرةً خلّابةً، وأُخرى وعِرةً مُوحشةً كمقْبرةٍ مهْجورةٍ. دروبٌ نسيرُ بها وحيدينَ أو معَ رفاقِ الطّريقِ والأحبّة.. دروبٌ نسيرُ بها باخْتيارِنا وأُخرى نسلكها رغْماً عنّا.. كلّها تصلُ بنا إلى مكانٍ ما.. نعْلمهُ مسْبقاً أو نتفاجأ بهِ عنْدَ الوُصول..كلّها لها نهايةٌ ما وبدايةٌ لرحلةٍ أخرى ربّما تكونُ مُختلفةً كلّ الاختلافِ عمّا سبق.

لكنّ أخطرَ أنواعِ الدروبِ هيَ الدائريّةِ كحلقةٍ مُفرغةٍ، مهْما نسيرُ فيها ونبْتعد، مهْما نقدِّمُ فيها الأضاحيَ من القلبِ والجسد، نجدُ أنْفسنا نعودُ دوماً إلى نقطةِ البداية.. كأنّ عمْراً لمْ نهْدره..

هذي الدّروبُ هي ما كنْتُ أتجنّبُه دائماً، أخْشى التّورُطَ فيها مهْما بدتْ جميلةً برّاقة، أرفضُ أنْ أسيرَ في دربٍ أجْهلُ

نهايتَه، وأَلْزِمُ الحذرَ في كلِّ خطواتي.. لا يهمّني التّعبَ ولا الخسائرَ ما دمتُ أعلمُ أنّي في النّهاية سأصلُ إلى ما أصبو إليه.. إلى أنْ ساقها القدرُ إلى دربي...

منذُ أنْ وصلتُ هذي البلادِ وأنا في سعْي دؤوبٍ إلى التّطوّرِ والتّقدّمِ والارتقاءِ أكثر، تمكّنتُ خلالَ فترةٍ وجيزةٍ من التّرقّي مرّتينِ حتّى تمَّ تعييني نائباً للمديرِ في أحدِ فروعِ المصرفِ الّذي بدأتُ بهِ مسيرتي المهنيّةِ، كنتُ شديدَ الزّهوِ بنفسي متّقدَ الحماسِ أمشي وبالكادِ أشعرُ بالأرضِ تلامسُ قدميّ.

استلمتُ مكتبي وبدأتُ بالتّعرّفِ على زملائي وبناءِ شبكةٍ من العلاقاتِ الاجتماعيّةِ الطيّبةِ ضمنَ إطارٍ وحدودِ العملِ، تجنّبتُ بعضَ الموظّفين الحسودين وابتعدتُ تماماً عن بعضِ الموظّفاتِ اللّاتي أبدَيْنَ اهتماماً مُبالغاً بهِ وإطراءاتٍ مستمرّةٍ بشكلٍ ثقيلٍ مزعج.

لمْ أكنْ أشعرُ بالغرورِ أبداً منْ منْصبي أو وسامتي، بلْ كنتُ قريباً جداً منَ الجميعِ وبنفْسِ الوقتِ أبقيهُم جميعاً خارجَ أسوارِ مملْكتي..

مررتُ في ذاكَ الصّباحِ أمامَ مكتبِها، لمحْتُها تضحكُ مع زميلتِها بصوتٍ رقيقٍ ناعمٍ، كانَ لصوتِ ضحكتِها موسيقىً بعثرتْ نبضاتِ قلْبي وبعثْرتني أكثر، ووقفْتُ أمامَ حُسنها مُحاولاً

تجميعَ ما تبعثرَ منّي فصارَ نبضيَ يتوهُ أكثرَ فأكثرَ في ذلكَ السَّحرِ البرّاقِ فوقَ بسْمتها.

كانَ لانْعكاسُ الشَّمسِ على خصالِ شعرها ألقٌ يزيدُ من رعْشتي وانْعدامِ الجاذبيّةِ حولي، كأنّي أطْفو بخفّةٍ صوْبها، أتلمّسُ تضاريسَ الوجهِ الملائكيّ، أحاولُ ضمَّ وجنتَيها بينَ كفّيَّ المُرتجفَين، أرْكعُ في محرابِ العينَينِ اللّوزيتيّنِ ونظْرتهُما، أضمُّ شِفاهاً منْ وردٍ جوريٍّ بينَ شفاهيَ فتزهرُ ألفاً في جسدي.. عجباً يا ألله.. أهيَ حقيقةٌ أم سراب؟

هيَ امْرأةٌ لم أحسبْ لها حساباً، لمْ ألْقاها في خيالي من قبْل.. ولكنّها خربطتْ كل خرائطِ العمْرِ وأضاعتْني بينَ الدّروب.

جَبَلٌ ولكن..

أغمضتُ عينيّ وتركتُها تقودُني خلْفها منْ دونِ أنْ أبصرَ، للمرّةِ الأولى تأخذُني امرأةٌ ما إلى مكانٍ ما ولا أعرفُ حقّاً كيفَ ولِماذا.. لا يهمّني حقّاً أينَ نكون، يكْفيني أنّي معها، لا أريدُ أنْ أبصرَ شيئاً، هيَ عيني وهيَ بصري وكلّ عالَمي الآن.

كانتْ تضمُّ يديَّ براحةِ يدها الدّافئةِ، فتبعثُ في جسدي الخدرَ والاسْتِسلام، فأسيرُ وراءَها كطفلٍ تعلّقَ بطرفِ ثوبِ أمّهِ، يخْشى إنْ أفلتهُ أنْ يخسرَ كلَّ الأمانِ في العالمِ.. أخذتْني في دربٍ لمْ تطأهُ روحيَ منْ قبل، مختلفٍ عنْ كلِّ الدّروبِ الّتي ألِفْتها وحفظْتها أو حتّى تصوّرتها، دربٌ نهايتهُ معروفةٌ منذُ الخُطوةِ الأولى، حكايةٌ محكومةٌ بالإعدامِ مُسْبقاً، نهايةٌ مفْجِعةٌ مخضّبةٌ بالدّموعِ والنّدم.. ولكنْ سرْنا بها فحسب.. ليسَ غباءً منا، وليس استهتاراً أو جنوناً.. سرْنا بها طمعاً في سعادةٍ مؤقّتةٍ كحبّةِ مُسكّنٍ قويٍّ ضدَّ أوجاعِ الحياة.. وربّما أملاً بحدوثِ

مُعجزةٍ ما تغيِّرُ مسارَ الطّريقِ، أو تفتحُ لنا باباً في السَّدِّ العالي في نهايته.

لمْ أكنْ أريدُ أن أُبصرُ شيئاً سِواها، وحوشُ الطّريقِ حولنا تُرعبُني بنظراتِهم، آلافُ الغُرْبانِ تحومُ حولنا تهيّئ نفسُها لتنعقَ بالخراب، حُفَرٌ منَ الطّينِ، شوْكٍ ونار، بردٌ وخوفٌ، هذيان.. كلّها تجاهلْتُها.. في بسمتِها كنتُ أرى الحياةَ برّاقةً مُزيّنةً بأطيافٍ منَ النّورِ، والوردُ فوقَ وجنتَيها ينْبثقُ من أعماقِ الصّخرِ في صدْري، هالةُ الأمانِ الّتي تغمرُني بها تبعدُ عنّي كلَّ أشباحِ الخوفِ والقلق.. فأسترخيَ وأطيرُ معها، حيثما تريدُ خِصالُ شعرِها أنْ تطير.

في الحقيقةِ لمْ أكنْ أغمضَ عينيَّ عنْ غرابةِ الطّريقِ فحسْب، بلْ لأنّي لا أريدُ أن أرى أمراً آخرَ هوَ الأشدُّ فتْكاً في خلاياي.. مِحْبسُها الذّهبيُّ الّذي يحيطُ بإصْبعها الرّقيقِ النّاعمِ كانَ كطوْقٍ من نارٍ يُطبقُ الخناقَ على عنقي ويقْتلني.. في كلِّ مرّةٍ كنتُ ألْمحهُ في يدِها أُديرُ وجهيَ بعيداً وتنطلقُ منّي تنْهيدةٌ كحشْرجةِ الموتِ تُرعبُها، لمْ أستطعْ أن أفسّرها لها ولا أقدرْ أنْ أطالبِها بنزْعِه.. هيَ امرأةٌ متزوّجةٌ، أمٌّ لثلاثةِ أطفالٍ.. لكنّها امرأةٌ لمْ تكنْ عاديّةً أبداً، أنا الّذي مرّتْ فوقَ جسدِه مئاتُ الحسناواتِ، العذْراواتِ، الغانياتِ، العابرات.. لمْ تتمكّن

واحدةٌ منهنَّ سِوى مِنْ مُلامسةِ هذا الجسدِ الّذي أكدُّ في الحفاظِ عليهِ ممْشوقاً قويّاً كي يليقَ بغروري وهيْبتي.. أمّا أوتارُ القلبِ.. لمْ تُلامسها امْرأة سِواها، امْرأةٌ أجادتِ العزْفَ بكلِّ عذوبةٍ على إيقاعِ نبْضي.. امْرأةٌ كانتْ نشْوتي الأروعُ تنفجرُ عنْدَ سماعِ ضحْكتِها فحسْب.

هيَ امْرأةٌ لمْ يتمكّن محبسُها من صدّيَ وإبعاديَ وكبْتِ جيادِ رغباتي ومشاعري.. ولكنّهُ تفنّنَ في إيلامي وإثارةِ غيرتي حتّى الجُنون..

أمْسكْتُ يدَها وضمَمْتُها إلى فَمي.. قبّلتُها وتمنّيْتُ لو يسْقطَ خاتَمُها في جَوفي وأبْتلعهُ فحسْب..

قبّلتُها ألْفاً، وكتبْتُ فوقَ الجسدِ الإغريقيّ المنْحوتِ أحلى قصائدي، صلّيْتُ في معْبدِ العينَين اللّوزيّتَينِ كي تغْفر.. ضعْفي وشهوتي وجُنوني في حضْرتِها.

نعمْ.. كما قالتْ.. أحبّتْني أكْثرَ بكثيرٍ ممّا فعلْتُ

اتّصلتْ بي ذاتَ مساءٍ تتكلّمُ همْساً على عَجَلٍ..

- غداً، عنْدَ السّاعةِ الثّالثةِ سأُرسِلُ لكَ عنْواناً تأتي إليه مُباشَرةً دوْنَ تأْخيرٍ.

- غداً؟ كيْفَ، ولِماذا؟

- ألا تُريدُ أنْ تَراني؟

- بلى حبيبَتي بالطّبع، ولكنْ ليْسَ من عادَتِكِ أنْ تطلُبي منّي ذلك، هلْ أنتِ بِخيرٍ؟

- نعمْ بِخير، ومُتحمّسةٌ جِدّاً، مُفاجأةٌ رائِعةٌ ستكونُ بانْتظارِكَ فلا تتأخّر.. هاه.. بالمُناسبة.. ارْتدِ بدلّتَك السّوداء وتأكّد منْ تشْذيبِ شعرِك وذقنِك، أُريدُكَ أنْ تكونَ بكاملِ أناقتِكَ ووسامتِكَ كما عرفْتُك دائماً..

- ممم.. حقّاً قدْ أثرْتِ فُضولي بشدّةٍ.. وماذا إنْ لمْ أفْعل؟

- لا أعْتقدُ أنّكَ سَتُفوّتُ على نفْسكَ هذهِ الفُرصة.. كَفى أيّها المُشاكِس.. افْعل كما قُلْتُ لكَ.. يجبُ أنْ أذْهب.. طابتْ ليْلتُك.

استلقيتُ على فِراشي أُحدّقُ في سقْفِ الغُرْفة، أتخيّلُ وجْهَها الملائِكيَّ النّاعمُ وضِحْكتُها، يتسلّلُ عطْرُها إلى أنْفي من وِسادَتي الّتي اعتَدْتُ أنْ أبلِلُها ببضْعِ قطراتٍ منْ قارورةٍ أخذْتُها منْها ذاتَ يومٍ بحجّةِ أنّي مريضٌ جداً وهيَ الدّواءُ الوحيدُ القادرُ على شِفائي.. تقلّبْتُ في السّريرِ وأعدْتُ ضمَّ الوِسادةِ وتنهّدْتُ بعمْقٍ: (بِمَ تُفكّرُ الآن.. ماذا تفْعل.. ما هيَ المُفاجأةُ الّتي تحدّثت عنْها.. ولِمَ يجبُ أنْ أكونَ على هذا القَدرِ منَ الأناقة؟)

حبيبَتي المجْنونة لطالما تفنّنتْ وأبْدعتْ في مُفاجأتي وإسْعادي.. كانتْ تجدُ مُتْعةً كبيرةً وفرحاً غامِراً في كلِّ مرّةٍ تراني مأخوذاً برؤعةِ مُفاجآتِها وطيبةِ قلْبِها، لمْ يكنْ من شيْءٍ تعْرفهُ عنّي إلّا وصنعتْ منْهُ حدثاً وعيْداً.. كأنّها تُسخّرُ كلَّ ما في الكونِ لأجْلِ رسْمِ ابْتسامَتي دونَ أنْ يقِفَ في طريقِها حاجزٌ أو عُذْرٌ ما.. كمْ كانَ يُغْريني فيها هذا الإصْرار والشّغف، وكمْ كنْتُ أشعرُ بتقْصيري ووَهْني أمامَ هذا السّيْلِ الجارفِ منَ الحُبِّ والحنان.. السّبْتُ عصْراً، في تمامِ السّاعةِ الثّالثةِ تماماً وصلتْني رسالتَها كما وعدتْ، خريطةٌ لموقعٍ في مدينتِنا لمْ أزرْهُ منْ قبْلٍ،

زمنُ الوُصولِ 27 دقيقة، لا بأس.. أنا على أتمِّ الاسْتعدادِ كما قدْ طلبتْ منّي أميرتي، ركبْتُ سيّارتي ومضيْتُ أتتبّعُ الخريطة والفضولُ يغمِرني بحماسةٍ غريبةٍ دونَ أنْ يُعطيني فُرصةً للتّخْمين..

وصلْتُ إلى العنْوانِ المُحدّدِ على الخَريطة، وجدْتُها بانْتظاري على الرّصيفِ ترْتدي ثوباً أخْضرَ طويلاً، بينَما رفعتْ شعْرها إلى الأعلى وتركتْ بعضَ الخِصالِ تنْسابُ على الخدِّ الحريري ليزيدَ منْ بهائِها ورَوْعتِها، وكنْتُ كأنّي على موْعدٍ مع إلهةٍ إغريقيّةٍ حسْناء..

نزلْتُ منْ سيّارتي وعينايَ مُسمّرتان علَيْها، لمْ أكنْ أكترِثُ أينَ أنا وما هوَ الحدثِ العظيمِ الّذي ينْتظِرني، جمالُها الأخّاذ وحدهُ كانَ هديّتي الكُبْرى.

اقْتربتْ منّي ومدّتْ ذراعَيْها صَوبي، خُيّلَ إليَّ كأنّها ستغْمِرُني وتضمّني إليها وتأخُذني معها إلى مملكتِها الخياليّة، أغمضْتُ عينيَّ واذْ بها تُغطّيهما برباطٍ ما حتّى لا أرى شيئاً إلّا منْ خلالِ عينَيها، أمْسكتْ يدي وسارتْ بي تُساعدني على الوُصولِ إلى المكانِ المنْشودِ منْ دونَ التّعثّر أوِ الاصْطدامِ بشيءٍ ما.. كانَ الدّفْءُ المُنْسابُ من كفِّها يتغلغلُ في شراييني ويزيدُ منْ خفقانِ قلْبي، صَوتُ همساتُها سعَ أُناسٍ آخرينَ حولَنا كانَ الصّوتُ

الوحيدَ الّذي يتسلّلُ إلى مسْمعي، شعرْتُ لوهْلةٍ كأنّني تحْتَ تأثيرِ مخدّرٍ شديدِ المفْعولِ، مسْتسلمٌ لها لأقْصى الحدودِ دونَ أيّ مُقاومةٍ أو كلامٍ..

توقّفتْ خلْفي وبخفّةٍ نزعتْ العصابةُ عن عينيّ، الكثيرُ منْ زُملائِنا في العملِ وأصْحابي وأناسٌ آخرينَ لسْتُ أعرِفهم بدؤوا بالتّصفيقِ الحارِّ وهيَ تُصفّقُ معهمُ وبحرارةٍ أكْبرَ وفرحٍ غامرٍ أكثر..

كانَ المكانُ عبارةً عنْ صالةٍ واسعةٍ بيضاءَ الجُدْرانِ، توزّعتْ على جُدرانِها صُوَرٌ متنوّعةٌ بإطاراتٍ أنيقةٍ متناسِقةٍ، صُوَرٌ فوتوغرافيّةٌ مألوفةٌ جِداً، تأمّلْتُها بسرعةٍ واذْ بها صُوَري! رغمَ ازْدحامِ أيّامي ما بينَ العملِ والنّادي الرّياضيّ وأصْدقائي وأمورٍ أُخرى متنوّعة، إلّا أنّي كنتُ أجدُ متّسعاً منَ الوقْتِ بشكْلٍ أو بآخرَ لمُمارسةِ هوايتي المُفضّلةِ في التّصويرِ الفُوتوغرافيّ وتخْليدِ بعضَ اللّقطاتِ الجميلةِ في صُوَرٍ قلّما كنْتُ أُشاركُها مع الآخرين، أحبُّ الْتقاطَ صورٍ للطّبيعةِ ومخْلوقاتِها، لضَحكاتِ الأطْفالِ وملامحِ النّاسِ العابِرين، أبْحثُ عنْ شيءٍ ما يشدّني إليهِ مُلتقِطاً كاميرتي ربّما بأوْضاعٍ غريبةٍ حتّى أتمكّنَ منْ خطْفِ تلكَ اللّحظةِ أو المنْظرِ المُميّز وتخْليدَهُ في صُوَري.

جلسْنا يوماً معاً أثناءَ الغداءِ وكانَ جهازُ الحاسوبِ خاصّتي مفْتوحاً، لفتتْ نظرَها الخلفيّة في سطْحِ المَكْتبِ وسألتْني عنْها، أخْبرتُها عنْ هذهِ الهِوايةِ ثمَّ عرضْتُ لها صُوراً أخْرى متنوّعةً أثارتْ إعْجابَها بشدّةٍ، طلبْتُ منْها لو تسمحَ لي بتصْويرها معَ وعْدٍ ألّا يرى هذهِ الصّورَ سِوانا وأنْ أحْتفظَ بها في مكانٍ آمنٍ حتّى لا تقعَ بيديَّ أحدٍ، وافقتْ على حياءٍ لثقتِها بي، وسمحتْ لي أنْ أقومَ بتصْويرها بعْضَ المرّات.

بعْدَ فتْرةٍ أصرّتْ عليَّ أنْ تأخذَ نسْخةً منْ ملفِّ الصّورِ في حاسوبي ولمْ تُخبرُني لماذا، واذْ بها اليومَ قدْ قامتْ بإعْدادِ معْرضِ التّصويرِ هذا ودعتْ إليهِ زُملاءَنا وضيوفاً آخرينَ ليشْهدوا على خروجِ موْهِبتي هذهِ إلى النّورِ.

وددْتُ لو ضممْتُها وقبّلتُها بشدّةٍ أمامَهم جميعاً.. ووددْتُ أكثرَ لو لمْ تحذِفْ صُورها من مجْموعة الصّورِ.. بلْ ليتَها لمْ تعرِضْ سِوى صُورها.. إنّها أروعُ ما خلّدتْهُ كاميرتي يوْماً.

صَوْتٌ مِنَ الماضي.. يُنادي

السّاعةُ الثّانيةُ إلّا عشْر دقائقَ، عشرُ دقائقَ تفصلُني عن استراحةِ الغداء، الوقتُ الأحبُّ إلى قلْبي كلَّ يومٍ، أنتظرهُ كمنْ يُراقبُ ساعةً رمليّةً تنْهمرُ حبّاتُ الرّمالِ فيها على مهْلٍ، أحصيها حبّةً حبّةً بانْتظارِها أنْ تنتهي كي أُغلقَ فوضى العملِ في حاسوبي وأطيرُ لمُلاقاتِها، محبوبتي الغالية.

بدأتُ بلملمةِ أوراقي المُبعثرةِ وتنْظيمها في ملفّاتِها، إرسالِ بعْضِ الإيميلاتِ المُستعجلةِ وإطفاءِ شاشةِ الحاسوب، تأكّدتُ من هيئتي وأعدْتُ تمليسَ شعري المتموّج للخلْفِ، ابْتسامةٌ تطْغى على ملامحي كأنّي في كلِّ يومٍ معَ موعدٍ للعيد، وأيُّ عيدٍ ذاكَ الّذي يشبهُ رؤيةَ عينَيها والغرقَ في سحْرِها الخلّاب.

الثّانيةُ إلّا دقيقتَين توجّهتُ صوْبَ البابِ، هاتِفي يرنُّ للمرّةِ الثّالثةِ بإصْرارٍ، على مضضٍ أخرجتهُ من جيبي لمعرفةِ هويّةِ المُتّصلِ اللّحوح، كأنّهُ يعرفُ بعجلتي فيستمرُّ بإلحاحِهِ عامِداً تأخّري بضعةَ دقائقٍ كأنّها ساعاتٍ طوال.. أوه.. أبي؟!

ليسَ من عادتهِ أبداً الاتّصالِ بي خلالَ ساعاتِ العملِ، بلْ حتّى خلالِ المساءِ أو أيّامِ العُطلِ، كانَ يكْتفي بالاطْمئْنانِ عنّي برسائلٍ نصيّةٍ قصيرةٍ وأنا أُهاتفَهُ بضعَ مرّاتٍ في الأسبوعِ للسّؤالِ عنهُ وعنْ أختيّ الصّغيرتَينِ من زوجتهُ الأخرى.

بعدَ اخْتفاءِ أمّي أصابهُ مسٌّ منَ الحزْنِ عجزَ الجميعُ عن إخراجهِ منهُ، كانَ يلومُ نفْسهُ باسْتمرارٍ على رحيلِها، ويتمنّى لو مارسَ هوايةَ الصّبرِ مرّةً أخرى بدلاً ممّا حدث، انْكفأَ على نفسهِ لأيّامٍ ورفضَ مُحادثةَ أيّ شخصٍ من أقاربنا أو أصْدقائهِ، كانَ يمضي ساعاتهُ في غرفتهِ يدخّنُ غليونهُ بصمْتٍ ويحدّقُ من النّافذةِ إلى فضاءٍ يسْتمعُ إليهِ دونَ أنْ نعلمَ ما كانَ يحكيهِ لهُ ويبوحُ، طالتْ لحيته الّتي طالما كانتْ حليقةً ناعمةً، لمْ يكترثْ لشعرهُ الّذي طالَ أيضاً وأضافَ إلى عُمرهِ عشرةَ أعوامٍ أخرى، لمْ يخرجْ منْ غُرفتهِ إلّا لإعدادِ طبقٍ بسيطٍ منَ الطّعامِ لنا والاطْمئنانِ على دِراستِنا ثمّ يعودُ إلى كهْفهِ منْ جديد.

جاءَ عمّي ذاتَ مساءٍ ودخلَ إليه، كنْتُ أسْترقُ السّمعَ خلْفَ البابِ ثمّ ما لبثَ صوْتهُ أنِ ارْتفعَ عالياً بغضبٍ، نظرتُ من ثقبِ البابِ ورأيتهُ يمسكُ بأبي منْ كتفهِ ويهزّهُ بشدّةٍ كمنْ يحاولُ إيقاظَ نائمٍ من غفْوةٍ شديدةٍ، صاحَ بهِ: "ما بالكَ يا رجُلُ؟ ألأجْلِ امرأةٍ تعذّبُ نفْسكَ بهذهِ الطّريقةِ؟ رحلتْ.. وإنْ

يكنْ؟ غداً نُزوّجكَ غيْرها وأفضلُ منها، هيَ لمْ تستحقّكَ بأيِّ حالٍ.. كلّنا نعلمُ كمْ كنْتَ صبوراً معها.. ربّما رحيلها خدْمةٌ لكَ.. اسْمع.. الولدَانِ بحاجةٍ إلى أمِّ أخرى.. أنتَ لا تستطيعُ الاعْتناءِ بهما وحْدكَ.. أنتَ لا تستطيعُ حتّى الاعتناءَ بنفْسكَ.. انظرْ إلى نفسكَ! متى كانتْ آخرَ مرّةٍ نظرْتَ فيها في مِرآة؟ غداً سنبحثُ لكَ عنْ عروسٍ ونوقِفُ هذهِ المهْزلة."

خرجَ عمّي وصفقَ البابَ خلْفهُ بشدّةٍ، عُدْتُ لاسْتراقِ النّظرِ إلى أبي ووجدْتهُ على نفْسِ الهيْئةِ وعيناهُ مُعلّقتانِ في الفضاءِ وكأنّهُ لمْ يسْمعُ منْ كلامِ عمّي كلِمة.

عروسٌ؟ أمٌّ أخرى؟ شعرْتُ بألمٍ حادٍّ يقطّعُ معِدتي وجريْتُ إلى سريري أبكي بشدّةٍ، مَنْ قالَ إنّنا بحاجةٍ لأمٍّ أخرى؟ أيُّ امْرأةٍ في العالمِ قدْ تأخذُ مكانَ أمّي؟ كانتِ الكراهيّةُ صوتَها تزدادُ أكثرَ وتقطّعُ معِدتي أكثر.

بعدَ شهرَينِ جاءتْ إلى بيتِنا معَ حقائبِها الكبيرةِ، صبيّةٌ بنصْفِ عمرِ أبي تقْريباً، تكْسو وجهَها الألوانُ والأصْباغ، وينْسدلُ ثوبُها الأبيضَ المُوشّى بالخرزِ على جسدِها الرّشيقِ، تبْدو جميلةً جداً ولكنّها لمْ تكنْ تُشبهُ أمّي أبداً، كانَ أبي يقِفُ بجانِبِها بِملامِحهِ الجادّةِ ويبْدو على وجهِهِ القلقُ والاسْتِسلام،

مِنَ الواضحِ تماماً أنّهُ لمْ يرغبْ بهذا الزواج أبداً، ولكنّهُ أدركَ ضرورةَ وجودِ سيّدةٍ في البيتِ تتولّى شُؤونهُ وتعْتني بِنا.

اقْتربَ أخي الكبيرُ وسلّمَ عليها فعانقتْهُ، تُحاولُ أنْ تُثبتَ لنا طيبتَها وحُسنَ نيّتِها واسْتعدادَها لتسلُّمَ زمامِ الأمورِ ومسؤوليّاتِها تِجاهنا، أمّا أنا، فعدْتُ إلى غُرفتي وأقفلْتُ البابَ وغرِقْتُ في نوْمٍ طويلٍ علّي أسْتيقظُ وأجدُ أنّ كلَّ ما يحصلُ مجرّدَ كابوسٍ لا أكثر.

مرّتِ الأيّامُ وخالتي غادة تهتمُّ بكلِّ شيءٍ على أكْملِ وجْهٍ، تتقبّلُ بكلِّ صدْرٍ رحبٍ شقاوتي واسْتفزازيَ المتواصلِ لها، كانتْ تتفهّمُني تماماً وتشعرُ بكلِّ المرارةِ القابعةِ في أعماقي، وتسْعى بلا كللٍ ولا مللٍ لاسْتئصالِها ورسْمِ ابْتسامتي منْ جديد.

أعترفُ بأنّها كانتْ فائقةَ الحنانِ، لمْ تحاولْ أنْ تُلغي وجودَ أمّي ولمْ تُزلْ صورها منَ المنزلِ حتّى، أبي أصبحَ أفضلَ حالاً وعادَ إلى سابقِ عهدِهِ وبشاشتهِ، أخي الكبير أحبّها بشدّةٍ وازْدادتْ سعادتهُ بعدَ معرفتهُ بخبرِ حمْلِها بطفلةٍ صغيرةٍ.. طفلةٌ لمْ تميّزْ بينَها وبيننا أبداً.

طفلةٌ أخرى بعدَ عامَينِ وعائلتُنا تكبرُ أكثر، الشّروخُ فيها الْتأمتْ كأنَّ شيئاً لمْ يكنْ، ومرّتِ الأعوامُ وطوى الجميعُ صفحةً سوداءَ في حياتِنا، إلّا أنا، لمْ أتمكّنْ يوماً منْ طيّها..

- أهْلاً أبي.. كيفَ حالُك؟ كيْفَ حالٍ خالتي غادة والبنات؟ عسى أنْ تكونوا بِخير؟

جاءَني صوْتهُ ثقيلاً جادّاً يحْملُ في نبْرتهِ خبراً رهيباً، شعرْتُ بالدّمِ الحارّ يتصاعدُ إلى رأسي وآلافَ الأفكارِ تتزاحمُ في هيجانٍ مُسْتعر.

- أبي.. أقلقتَني.. هلْ أنتم بخير؟

- نعمْ بُنيّ.. بخيرٍ الحمد لله.. هلْ أستطيعُ مُحادثتكَ بأمْرٍ ما، أمْ أتّصلُ بكَ في وقْتٍ آخر؟

- لا أبي تكلّم الآن.. أنا في اسْتراحةِ الغداء.. ماذا هُناك؟ أفزعتَني يا رجُل!

صمتَ لبُرْهةٍ منَ الزّمنِ كانتْ كافيةً بشلّي وتقطيعِ أوصالي، ثمّ أضافَ:

- أمّك.. لقدْ وجدوا جثّتَها..

في لحْظةٍ، لا تعودُ الحياةُ كما كانتْ قبْلها

17 يونيو منْذُ ثلاثينَ عاماً..

جلسْتُ على عتبةِ الدّارِ أُخفي وجهي بينَ كفّيّ الصّغيرين وأنتحب، أتلفّتُ حولي باسْتمرارٍ علّي أراها قدْ عادتْ منْ جديدٍ بعدَ أنْ هدأتْ فورةُ غضبِها فلا أرى سِوى ظلالِ الأشجارِ السّوداءِ تُشْفقُ عليّ، أتخيّلُ صوتَها فأجري بحثاً عنْها وأناديها، يُمسكني أبي منْ ذِراعي ويضمّني إليهِ ويُعيدني إلى داخلِ البيتِ مُقفلاً البابَ خلْفهُ، كأنّهُ كانَ يعْلمُ أنّها أبداً لنْ تعود.

كنْتُ أفكّرُ كيفَ طاوعها قلبُها الّذي لطالما فاضَ حبّاً وحناناً على هجْرِنا، ولكن دماغي الصّغيرَ كانَ يتساءلُ أكثرَ ويحاولُ حلَّ هذا اللّغزِ العقيمِ: (إنْ كانتْ قدْ رحلتْ عنِ البيتِ ما لا رجْعةَ بعْدهُ، فكيفَ لمْ تأخذْ معها أيَّ شيءٍ يخصّها، لا حقيبةَ ملابسٍ ولا مِحفظتِها ولا هويّتِها.. أذكرُ صورتَها الأخيرةَ في رأسي ترْتدي فُسْتانَ البيتِ معَ الخُفّ الصّيفيّ البسيط.. هيَ لمْ ترتدِ حذاءً حتّى.. لا يُمكنُ أنْ ترحلَ بعيداً هكذا بكلِّ بساطة!).

خرجتْ تبْكي وراحتْ تجْري بعيداً، لمْ نتمكّنْ منَ اللّحاقِ
بها والانْتباهِ إلى الدّربِ الّذي قدْ سلكتْهُ، هيَ نفْسها لمْ تكنْ
تعرفُ إلى أينَ ترْكض، ضاقَ عليها الكونُ كلّهُ في لحظةٍ فهربتْ
إلى اللّا مكان، ولمْ تكنْ تعلمُ أنّ هذا المكانِ سيكونُ قبْرها
لسنينٍ طويلةٍ..

مالِكٌ ابنُ رجلٍ مُغتربٍ في القريةِ، أسرةٌ مُحْدثةُ النّعمة،
أدّى سفرُ الأبِ إلى الخليجِ إلى تحسُّنِ وضْعِ العائلةِ مادّياً وتردّيهِ
أخْلاقياً، أغْدق الأبُ على أسرتهِ وجِهدَ في تعويضِهم عنْ كلِّ ما
قدْ حُرِمَ منهُ في طُفولتِهِ، لمْ يعُدْ يكْترثُ بمتابعةِ مُستواهِم
التّعليميّ، فالشّهادةُ الآنَ لا تنْفعُ أمامَ هذا الرّزقِ الوفير.

أهدى ابْنهُ البِكرَ ذا السّتّةَ عشرَ عاماً سيّارةً في عيدِ مولِدِه،
في حينَ كانَ قِلّةٌ منْ رجالِ القريةِ يمتلكونَ سيّاراتٍ وأغلبهمْ
يستخدمونَ المواصلاتَ العامّة، تبجّحَ مالكٌ بسيّارتهِ الجديدةِ
وراحَ يتدرّبُ على قيادتِها بمفْردهِ بكلِّ رعْونةٍ وانْعدامِ
المسؤوليّة، يشْعرُ بالإثارةِ الشّديدةِ في ضغْطهِ على دوّاسةِ
الوقودِ والاسْتماعِ لزعيقِ العجلات حينَ تهْرسُ الحصى تحْتها
وتطيرُ بجنونٍ والنّاس يهربونَ أمامها هرباً منَ الموْتِ المحقّق.

عجزَ كبارُ القريةِ ورِجالاتِها في ثنْيِه عنْ قيادةِ السّيّارةِ بهذهِ
الطّريقةِ ولا سيّما أنّه لا يزالُ تحتَ السّنِّ القانونيّةِ للقيادةِ

أصْلاً، ولكنْ عبثاً يُحاولونَ التّفاهُمَ معَ مراهقٍ أرْعنٍ أعمى البصرِ والبصيرة.

جلسَ خلْفَ عجلةِ القيادةِ وتلمّسَ ملْمسها الجلديَّ النّاعم، خُفضَ مِرآتهُ الأماميةَ وتأمّلَ تلكَ الشُّعيْراتِ الصّغيرةِ الّتي بدأتْ تنْمو فوقَ شفتَيهِ مُعْلنةً بدْءَ عمْرٍ آخرَ ينمُّ عن رجولةٍ وفحولةٍ ممْسوسة.. غمسَ أصابعهُ في علبةِ كريم الشّعْرِ وقامَ بملْسِ شعرهُ الطّويلَ إلى الخلْفِ حتّى الْتصقَ بفرْوةِ رأسِهِ، أمْطرَ نفْسهُ برشّاتٍ منْ عُطْرٍ رجوليٍّ منْ ماركةٍ يتباهى بها أمامَ أصْحابهِ وإنْ كان يعجزُ عنْ لفْظِ اسْمها.. يكْفي أنَّ ثمنَها وحْدهُ يُضاهي رواتبَ آبائهم.

حانَ الآنَ موعدُ التّباهي والتّفاخرِ والعرضِ السّخيفِ أمامَ منْزلِ حبيبتهُ المُراهقةِ الّتي يُغريَها مالهُ ليسَ إلّا..

أدارَ محرّكَ السّيّارةِ وانْطلقَ بسرعةٍ للاسْتعراضِ الجُنونيّ، فطِنَ أنّهُ لمْ يضعْ مُشغّلَ الموسيقى على الأغاني الأجنبيّةِ الجديدةِ الّتي لا يفهمُ منْها كلمةً، لكنَّ موسيقاها تتناسبُ معَ اسْتعراضِهِ وتلْفتُ نظرَ الآخرينَ إليهِ أكثر.. انْخفضَ ليفتحَ صُندوقَ السّيّارةِ ويختارُ واحداً منْها، ولمْ ينتبهْ لتلكَ المرأةِ الباكيةِ الّتي طارتْ في لحْظةٍ منْ هولِ الاصْطدامِ لِتغرقَ في بحيرةٍ منَ الدّماء!

أوقفَ سيّارتهُ ونزلَ مُسرعاً لتفقُّدَ المِصدِّ الأماميّ، تنفّسَ الصُّعداءَ حينَ رآهُ لمْ يُصَبْ بخدْشٍ، مشى حولَ السّيّارةِ من جديدٍ يتفحّصُها باحثاً عن أيِّ ضررٍ مهما صَغُرَ حجمُهُ، إلى أن تعثّرَ بساقِ المرأةِ المرميّةِ على الأرضِ، عنْدها فقط أحسَّ بصفْعةِ القدرِ حارقةً تلْسعُ وجْههُ، أفاقَ من عُمْقِ عنْجهيّتِهِ واسْتدركَ هوْلَ جريمتهِ، امرأةٌ شابّةٌ غارقةٌ في دمِها بسببِ رعْونتهِ وطيْشهِ، يا للهوْل، ما الّذي سيفْعلهُ بهذهِ المُصيبة، عادَ إلى سيّارتهِ وأدارَ المُحرّكَ وهمَّ بالهربِ بعيْداً، وقعتْ عيناهُ على حفْرةِ الصّرفِ الصّحيّ القريبةِ منْه، ناداهُ الشّيطانُ ليمحوَ أثارَ جريمتهِ ويخفيَها كأنَّ شيْئاً لمْ يحْصل.. عادَ إليها من جديدٍ وأمْسكَ بذراعَيها يجرّها نحْوَ الحُفْرة، بكلِّ برودٍ رماها فيها وعاودَ إغلاقَ الغِطاءِ، الشّارعُ القديمُ المُتآكلُ يكسوهُ الرّملُ والحَصى، أضافَ إليهِ المزيدُ وغطّى آثارَالدّماءِ بسرْعةٍ، عادَ إلى سيّارتهِ وانْطلقَ مُسْرعاً.. لابدَّ أنَّ حبيبتَهُ الصّغيرةُ قدْ ضجِرتْ منَ الانْتظار!

اليومِ، وبعدَ أنْ عادتِ الدّولةِ لترميمِ وإصْلاحِ ما قدْ أفْسدتْهُ الحرْبُ ودمّرتهُ كوارِثها، عثَرَ أحدُ العمّالِ على جثّةٍ تبدو لامْرأةٍ منْ ثوْبِها المُتآكلِ وبقايا شعرها الطّويلِ، تجمْهرَ باقي العمّالِ حوْلهُ وعلا صُراخهم، فزِعَ أهْلُ القريةِ رجالاً ونساءً وأطفالاً

لِمُشاهدةِ هذا الحدثِ الغريب، وضعوا الجثّةَ على الشّارعِ بينما يصِلُ رجالُ الشّرطةِ، صاحَ عمّي مِنْ بينِ الحُشود: "غُنوة، هذهِ غُنوة زوجةُ أخي.. انْظروا إلى اسْمِها في قِلادتِها الذّهبيّة.."

نعمْ، كانتْ تلْكَ أمّي، أمّي الّتي ظلمْناها جميعاً طوالَ كلِّ تلكَ السّنين، أمّي الّتي حملتُ الحقدَ في قلبي عليها حتّى كرهْتُ كلَّ النّساءِ بسببِها، أمّي الّتي عشْتُ صراعاتٍ مدمّرةٍ بينَ قلبي الّذي رفضَ الغُفرانَ وعقليَ الّذي سعى دوماً للبحثِ عنِ الحقيقة.. أمّي الّتي لمْ تمُتْ مرّةً واحدةً، بلْ كانتْ تموتُ في كلِّ يومٍ في أعماقِ الأرضِ كلّما تحدّثَ عنْها أحدٌ ظلماً أو أذيّة.

ربّما في تلكَ اللّحظةِ شعرْتُ أنَّ كلِّ الغضبِ والحقدِ والكراهيّةِ قدْ غُسِلوا بفيْضٍ منَ الغُفرانِ والنّدم، غفرْتُ لها، ولكنْ هلْ سأغفِرُ لنفْسيَ ظُلمي لها يوماً؟

كابوسٌ ولكنّه.. حقيقة

عُدْتُ إلى مكتبي وأخذْتُ مفاتيحَ سيّارتي، عُدْتُ إلى بيتي مُسرعاً دونَ التّوقّفَ عنْدَ أيِّ إشارةٍ ضوئيّةٍ أوِ التّقيّدَ بحدودِ السّرعةِ، كانتْ غمامةَ الدّمع تعْمي بصري فأقودُ وفْقاً للعادةِ دون إدْراكٍ للمكانِ تماماً.

وصلْتُ إلى الشّقّةِ برعايةٍ سماويّةٍ عجيبة، حاولْتُ فتْحَ البابِ فلمْ أتمكّنْ منْ إدْخالِ المفتاحِ لشدّةِ ارْتجافِ يدي، الْتقطّتُ نفساً عميقاً وحاولْتُ ثانيةً، دخلْتُ صافِعاً البابَ خلفي وارْتميتُ على الكنبِ الأقْربِ وعدْتُ إلى البكاءِ كما بكيْتُ قبْلَ ثلاثينَ عاماً..

لا أذكرُ متى كانتْ آخرَ مرّةٍ بكيْتُ فيها، لقدْ عوّدتُ نفسيَ على الصّبْرِ واحْتباسِ دموعي والتّسلّحِ بقناعٍ منَ القوّةِ والعُنفوان، لدرجةِ أنّي نسيتُ حتّى كيفَ يكونُ البُكاءُ وطعمُ الدّمعِ، أنا رجلٌ لا يُقهَر.. لا يُهزم.. اليومُ أنا مقهورٌ ومهْزومٌ.. أنا رجلٌ اكْتشفَ للتّوّ يُتْمَه!

نِمْتُ لِساعاتٍ طويلةٍ، هاتفي مُطْفأٌ، كلّما حاولْتُ فتْحَ عينيَّ
كنْتُ أرى طيْفَ أمي يجْثو أمامي، أشْعرُ بالذّعرِ وأدفنُ نفسي
تحتَ الغِطاء هرباً منْها منْ جديد.

اسْتيقظتُ في صباحِ اليومِ التّالي على صوْتِ قرْعٍ مُتواصلٍ على
بابي، لا رِغبةَ لي بفتْحهِ ولا حتّى معرفةَ طارِقه، حاولْتُ العودةَ
إلى النّوم منْ جديد، جاءَني صوْتُها هامِساً تُناديني: "هاشم،
هاشم.. أرجوكَ افْتح الباب..".

إلّا هيَ، رُوح، لا يُمكنني تجاهُلُها ولا إبقاؤها خلفَ البابِ
يتآكلُها القلقُ عليّ، نهضْتُ مترنّحاً وفتحْتُ لها الباب، تلقّتني
حالاً بينَ ذراعَيْها في عِناقٍ كادتْ تخْنقَني بهِ، بكتْ على كتْفي،
ثمَّ قالت:

- هاشم، ما بِك؟ انْتظرتُكَ في الأمْسِ ولمْ تأتِ، ليسَ من
عادتِك ألّا تحْضرَ منْ دونِ أنْ تُخبرني، أرسلتُ لكَ الكثيرَ من
الرّسائلِ الّتي يبْدو أنّها لمْ تصلْك، هاتفُكَ مُقفلٌ لمْ تفْتحهُ منْذُ
الأمس...

أمْسكتُ وجْهي بيدَيْها النّاعمتَين وراحتْ تتفرّسُني بعينَيْها
المذعورتَين: ما بِك؟ عيناك؟ آاه حبيبي.. ما الّذي أبكاك؟ كفى
الله الشّر.. أخْبرني.. قلْ لي.. لمْ أعُدْ أحتملُ أكثر.

عانقتْني منْ جديدٍ وبكينا سويّةً هذهِ المرّة.. كانتْ دُموعُنا الممزوجةِ معاً تتكلّمُ عنّا.

اسْتيقظتُ بعدَ زمنٍ فوجدْتُها لا زالتْ هُنا معي، مُستلقيةً بجانبي تحْضنُ رأسَي فوقَ صدْرها الدّافئ، تتلمّسُ شعريَ وتهدّئ منْ روعي، تبتسمُ لي بكلِّ عذوبةٍ فأنْسى كلَّ حزْنٍ مسَّ قلبي وآذاه.

قبّلتني على خدّي ثمَّ استأذنتِ للرّحيل، لا يُمكنها أنْ تتأخّرَ على بيتِها وأسرتِها فتطالُها الأسئلةُ والشّكوك.. كانَ مجيئُها للاطْمئنانِ عليَّ والوقوفِ بجانبي كفيلاً بتحسينِ نفسيّتي ومدّي بالطّاقةِ الايجابيّةِ وإعادتي إلى أرْضِ الواقعِ ثانية.

حمّامٌ ساخنٌ لطردِ السّمومِ منْ جسديَ المُرهق، وبعدهُ سيجارةٌ وفنْجانُ قهوةٍ وزفرةٍ عميقةٍ تعتصرُ الضّلوع.

مددْتُ يدي إلى هاتفي وشغلتهُ منْ جديد، الكثيرُ منَ الرّسائلِ والمُكالماتِ الفائتةِ منْ روحٍ وزملائي في العملِ، في قائمةِ المكالماتِ بحثْتُ عن اسْمه، تأمّلتهُ طويلاً وترددّتُ مِراراً في معاودةِ الاتّصالِ به، إجابةٌ واحدةٌ كانتْ تنْقصني لفهْمِ الحقيقةِ كاملةً، ووحدهُ منْ كانَ يمْتلكُها:

- أبي..

- أهلاً هاشم.. كيفَ حالُكَ الآن؟

- لا بأس، أحتاجُ إلى معْرفةِ أمْرٍ ما..

- تفضّل بُنَيّ.. اسْأل.. أرجو أنْ أتمكّنَ منْ إجابتك.

- أبي.. لطالما كنتَ صبوراً معَ أمّي واحْتملتها.. ما الّذي أفْقدكَ صبركَ ذاكَ اليوم؟ ما الّذي قدْ فعلتْهُ أمي أو قالتْهُ؟ أرجوكَ أخبرني..

لحظاتٌ منَ الصّمْتِ القاتل، تلاها صوتُ إغلاقِ الهاتف..

عاودْتُ الاتّصالَ مُجدّداً، دونما ردٍّ، فكانَ اتّصاليَ الثّالثِ معَ شركةِ الطّيرانِ وحجْزِ تذكرةَ سفرٍ إلى بلدي في اليومِ التّالي.

مَنْ أنا؟

تجمّعَ رِجالاتُ العائلةِ وأهْلِ القريةِ في مضافةِ بيتِ جدّي والدِ أُمّي، مضافةٌ قديمةٌ مُزيّنةٌ ببعْضِ صُورِ الشّهداءِ منَ العائلةِ وبعْضِ الرُّموزِ الدّينيّةِ، على نوافِذها توزّعتْ أُصُصٌ متنوّعةٌ منَ الوردِ ونباتاتِ الزّينةِ تُحاولُ مدَّ أوراقِها للحُصولِ على ما تيسّرَ منْ أشعّةِ الشّمسِ منْ بينَ قُضبانِ الشّبّاك.

علا صوتُ الرّجالِ في المضافةِ مُباركينَ، ثمَّ تلاها زغْردةُ النّساءِ في الغُرفةِ المُجاورةِ، حيْثُ توسّطتِ النّساءُ شابّةٌ صغيرةٌ لمْ تُكْمِلِ السّادسةَ عشرةَ منْ عمْرها بعْد، ترْتدي ثوْباً أبْيضَ مُطرّزاً ينْسدلُ فوقَ جسدِها الصّغيرِ كطفْلةٍ تلْعبُ لُعبةَ العروسة. خصلاتُ شعرُها الكستنائيُّ المرفوعُ كانتْ تستمرُّ بالسّقوطِ على جانبَي وجْهها فتتّخذُ منها حُجّةً لتمسحَ دمعها بسُرعةٍ أثناءَ إعادةِ الخِصالِ إلى مَكانِها، خالتُها لمْ تُزغردْ ولمْ تتحرّكْ منْ مكانِها، خالتُها الشّابّةُ أيضاً وحْدها كانتْ تشْعرُ

بعمْقِ مأساتِها، فهيَ الشّاهدُ الوحيدُ على حبّها لابنِ الجيرانِ الّذي يُكبرُها ببضْعة أعْوامٍ.

اعْتادتْ على اللّعبِ معهُ منذُ طُفولتِهما، إلى أنْ بدأتْ فورةُ الصّبا تُعيدُ تكْوينَ قسماتِ وجْهِها والبُروزاتِ الغضّةِ في جسدِها، لمْ تكنْ وحْدها التغييراتُ الجسديّةِ ما لاحظتْهُ فيها خالَتَها، بلْ كانَ لِبريقِ عينَيْها وتوهُّجِ وجْهِها كلّما مرَّ ابْنُ الجيرانِ أمامَ المنزِل نَغَمٌ لا يُمكنُ إخْفاؤُهُ، تحوّلتْ مشاعرُ الحبّ الطّفوليّةِ إلى بوادرِ حبٍّ أرقُّ وأعْذبُ، حبٌّ طرّزَ حروفَهُ على أوراقٍ مُلوّنةٍ يتبادلُها العُشّاقِ سِرّاً بينَ حينٍ وآخر، لقاءاتٌ بريئةٌ لدقائقَ سريعةٍ يتبادلونَ فيها أخبارُهم وحكاياتُهم.. كانَ الحُبُّ يجْمعُ قلْبَيْهما بكلِّ طُهْرٍ وبراءةٍ، إلى أنْ شاهدتْهُما إحْدى الجاراتِ يوْماً يضْحكانِ معاً، فلمْ تتردّدْ في تسْريبِ هذا الخبرِ الشّائنِ معَ بعْضِ التّوابلِ الّتي تفنّنتِ الجاراتُ في الإضافةِ علَيْها حتّى وصلَ الخبرُ بشكْلِهِ الجَللُ إلى والدِها.

لمْ تشْفعْ دُموعُ الصّغيرة وتوسّلاتُها أمامَ غضبهِ، ولمْ يكنْ بالإمْكانِ تصْديقِ حلْفانِها بعْدما تداولتِ الجاراتُ القصّةَ وبهْرجْنَها...

- "ستقبلينَ بأوّلِ رجُلٍ يتقدّمُ لخطْبتُكِ.. ولنْ يكونَ لكِ رأيٌ في الأمرِ ولا قرار"

كانتْ تلْكَ فُرْصةُ والدي الّذي أحبّها بشدّةٍ أيضاً دونَ أنْ تعلمَ هيَ بذلك، فُرصةٌ للسّتْرِ عليْها رغْمَ معْرفتهِ بحبّها لابْنِ الجيران، فُرصةٌ ليأخُذَها صغيرةً يُربّيها على يديْهِ كما اعْتادَ أنْ يسمعَ منْ عجائزِ القريةِ، ويغمرُها بحبّهِ وحنانهِ فيُنْسيَها حزْنَها وتُغرمَ بهِ أكثر.. هذا ما قدْ تصوّرَ لهُ يوْمها وهوَ يُمسِكُ بيدِها ويأخُذَها إلى بيتهِ عروساً.. دونَ أنْ يُدركَ بأنَّ قلْبها ظلَّ مُعلّقاً بذاكَ الفتى الّذي سافرَ إلى لبنانَ مقهوراً مذْبوحاً بعدَ تزويجِ حبيبتهُ.

مرّتِ الأعوامُ وأبي يبْذلُ كلَّ ما في وسْعهِ لإرْضائِها وإسْعادِها، يعْطفُ عليْها ويتفنّنُ في مُفاجأتِها، حتّى إنَّ كلَّ النّساءِ في قريتِنا كُنَّ يحْسدْنها، لكنّها لمْ تتمكّنْ يوْماً منَ الشُّعورِ سِوى بالاحْترامِ له.

جاءَ أخي الأكبرُ وكبرتِ العائلةُ، ازْدادتِ المسؤوليّاتُ والأعْباءُ ورغْمَ ذلكَ لمْ يتمكّنَ أيُّ شيءٍ منْ محْوَهُ منْ قلْبها وذاكرتِها، كانتْ تكْتبُ لهُ الرّسائلَ وتحْرقُها، تغنّي أحياناً أغانيَ عنِ الحنينِ فيتظاهرُ أبي بعدمِ سماعِها، رغْمَ الغصّةِ الكبيرةِ الّتي كانتْ تخْنقهُ بشدّةٍ.

في ذاكَ النَّهارِ كانتْ تزورُ خالتَها، صديقتَها الأقربَ الى قلبِها
وأمَّها الثَّانية، وضعتْ الخالةُ فنجانَ القهْوةِ على الصينيّةِ
الحديديّةِ المُزخْرفةِ ثمَّ قالت:

- احزري من عادَ منْ لبنان؟

سقطَ فنْجانُ القهْوةِ منْ يدِ أمّي وتطايرتْ قسماتهُ
لتخْتلطَ القهوةُ بالدّمعِ..

- لقدْ جاءَ ليودِّعَ أُسرتهُ، سيهاجرُ غداً إلى أُستراليا ولنْ يعودَ
بعدها أبداً.. لمْ يتزوّجْ بعدُ ولا رِغبةً لهُ بذلكَ حتّى.. مسكينٌ
الفتى.. لمْ يتمكّنْ منَ النّسيان.

- خالتي، هلْ تعرفينَ أينَ هوَ الآن، أريدُ أنْ أراه.

- لسْتُ متأكّدة.. لكنّني رأيتهُ صباحاً يسيرُ باتّجاهِ بيتِ جدّهِ
قُرْبَ البساتين، أعتقدُ أنّهُ قدْ ذهبَ هُناكَ لتوديعِه.

لمْ تفكّرْ أمي بشيءٍ كأنّما دِماغها قدْ توقّفَ كلّياً عنِ
العملِ، قلْبها وحْدهُ كانَ يقودُها إليهِ وتجري بسرعةٍ كأنّها تقْفزُ
قفْزاً.. إنْ كانَ سيهاجرُ غداً ولنْ يعود.. لِمَ لا تراهُ وتودّعهُ هي
أيضاً، ذاكَ الوداعُ الّذي لمْ يمْنحْهُما أحد.

وصلتْ إلى بيتِ الجدِّ فشاهدتِ الجدَّ وحدهُ يُقلِّمُ بعْضَ
الأشْجارِ بعيداً، دارتْ حوْلَ المنزلِ بحْثاً عنْهُ فتلقّفها بذراعَيْهِ
وضمّها إليه بكلِّ قُوّتهِ.. كحُلمٍ فرَّ من خيالِها وتحقّق..

لم تعُدْ تشعرُ بدموعِها فوقَ خدَّيْها، فالقُبَلُ الرّقيقةُ بدأتْ تَمْحو كلَّ حُزْنٍ منْ ملامِحِها، استْسلمتْ لحنينِها إليهِ وعشْقٍ خبَّأتْهُ بينَ ضُلوعِها لأعْوامٍ وأعوامٍ.. وراحتْ تذوبُ ولهاً فوقَ شفتَيْهِ والجسدِ الّذي أنهكهُ الحنين..

لطالما تخيّلتْ تلكَ الدّقائقَ في صِباها ورسمتْ لها صُوراً وأحلاماً، لكنّها لمْ تُدركْ أنَّ ذاكَ الحلمُ سيتحقّقَ عنْدَ سكّةِ الفِراق.. فِراقٌ لا لقاءَ بعدهُ سوى في طيّاتِ الذّاكرة..

عِناقٌ أخيرٌ وقُبلةٌ رقيقةٌ، ثمَّ عادتْ إلى بيتِنا والدّمعُ يبتلعُها معَ سِرّها في حزْنٍ شديدٍ طالَ لساعاتٍ وأيّامٍ..

بعْدَ تِسْعةِ شُهورٍ جئْتُ أنا، بعينيَّ الخضراوَينِ المُميّزتيَن، لا أحدَ في عائلةِ أمّي أو أبي يحْملُ لونَ عينَيَّ، لونٌ موشّى بالحُبّ والأسرار.. وحْدُها خالتِها كانتْ تفْهمه.

واصلتْ أمّي كتابةَ رسائلِها على قُصاصاتٍ ورقيّةٍ شبيهةٍ بالمذكّراتِ اليوميّة، تُخْبرهُ فيها عنْ أحداثِ يومِها وعنْ أفكارِها ومشاعرها، أحلامِها وذِكرياتِها، ثمَّ تحْرقُها وتضيفُ رمادها إلى رمادِ القلْبِ الّذي يتراكمُ عبْرَ السّنين.

في ذاكَ اليومُ المشؤومِ كانتْ تجْلسُ في سريرها تكْتبُ إحدى رسائلها حينما دخلَ أبي فجْأةً، لطالما اعْتادتْ قفْلَ البابِ بينما تُنهي طُقوسها السّريّةَ ولكنَّ القدرَ شاءَ أنْ تنْسى قفْلهُ في تلْكَ

اللّحظة، كانتِ المُفاجأةُ مُرعبةً ومُباغتةً بشدّةٍ فلمْ تتمكّنَ منْ إخفاءِ رسالتِها بسرعةٍ، أحسَّ أبي بارْتباكِها ومحاولتِها إخفاءَ شيءٍ ما، قامتْ باعتِصارِ الورقةِ في قبْضتِها بقوّةٍ، لكنّها لمْ تكنْ بقدْرِ قوّةِ أبي الّذي انْتزعَ الورقةَ منْها..

"كيْفَ حالُكَ اليومُ أيّها الغائِبُ عنْ عيني، الحاضرُ دوْماً في قلْبي؟

لا شيءَ اليومَ مختلفٌ عنِ الأمْسِ، ذاتَ الرّوتينِ وأعمالِ المنزِلِ، نفْسُ الأحاديثِ تُعادُ وتتكرّرُ بوتيرةٍ مُملّةٍ رتيبةٍ، رغْمَ امْتلاكي لكلّ شيءٍ، إلّا أنّني أشعرُ بحاجتي لشيءٍ آخرَ يُغنيني عنْ كلّ شيءٍ سِواه، فراغٌ كبيرٌ في جوفي يمتصُّ سعادتي ويبْصُقها، وإحساسٌ بالوحدةِ يخنُقني ببطْءٍ كلَّ يوم.. أحتاجُ إليك.. إلى عيْنيك.. عيناكَ اللّتانِ أراهُما في عيْنَيْ هاشم.. آهٍ لوْ تدْري كمْ يُشْبهك..!"

رصاصةٌ واحِدةٌ = ألمْ.. رصاصتان = مَوْت

وقفْتُ مُطوّلاً أمامَ مِرآتي، أُحدّقُ في عينيَّ الخضراوَتين. لطالَما رأهُما النّاسُ أجملُ ما في وسِرُ وسامتي، لطالما أُغرِمتْ بِهِما رُوْحٌ، وكتبتُ لأجلِهِما أحلى قصائدها.. بِتُّ الآنَ أراهُما وصْمةَ عارٍ.

عادَ إليَّ غضبي بصورةٍ أقذرَ وأشدُّ فتْكاً، صُداعٌ رهيبٌ يُفتّتُ جُمجمتي وأعْجزُ عنِ الصُّراخ، جثوْتُ على ركبتيَّ مُمْسكاً رأسي بكلْتا قبضتيَّ، أسمعُ صوْتَ صريرِ أسناني واحْتكاكهم ببعضٍ حتّى خُيّلَ إليَّ أنّها تتفتّتُ داخلَ فمي وتذُوب.

رفعْتُ رأسيَ مِنْ جديدٍ لأرى في المِرآةِ ذاكَ الرّجلِ الّذي كُنْتُ أعْرفهُ يوْماً وأفْتخرُ بهِ، هوَ الآنَ مُجرّدُ كِذبةٍ وهويّةٍ مفْقودةٍ ملعونة.. ضرَبْتُ المرآةَ بكلِّ قبضتي حتّى تطايرتْ شظاياها تمْلأُ المكانَ دماً وقهْراً.. زحفْتُ بصعوبةٍ إلى حقيبةِ سفري وأخرجْتُ منْها عُلبةَ المهدّئِ والمُنوّمِ وتناولتُ كلَّ ما فيهما رغبةً في نومٍ أبديٍّ

لا شقاءَ بعْده.. لكنَّ معِدتي المِنْقبضةِ رفضتْ منْحيَ هذهِ الرّاحةِ وقذفتْ بكلِّ مكوّناتها لِتعيدَني منْ جديدٍ إلى جحيمٍ لا مفرَّ منْه.

بعْدَ أيّامٍ عُدْتُ إلى العملِ منْ جديدٍ، هرباً منْ فوضى الأفْكارِ وهيجانِ المشاعرِ، وظننْتُ أنَّ الرّسائلَ الّتي اكْتظَّ بها حاسوبي، وأكوامَ الأوراقِ على مكْتبي ستُشْغلُني وتأخُذني بعيداً عنْ هذا العالمِ الجديدِ الغريبِ عنّي.

جاءتْني تحْملُ أوراقَها بصمْتٍ، لمْ تكُنْ تعلمُ بسَفري ولا أيِّ ممّا حصلَ لي، كانَ يبدو لي في نظراتِها العتابُ وعشراتُ الأسئلةِ عقيمةُ الجواب، لمْ أستطعِ النّظرَ إليها بنفْسِ الطّريقةِ السّابقةِ، بِتُّ أراها الآنَ كما رأيْتُ أمي.. وعذلْتُ نفسيَ لأنّي من جعلَ منْها هذا الإنسانِ الخائِن.

تمنّيتُ في سرّيَ لو أستطيعُ أنْ أعانِقها وأبكي كالطّفلِ بينَ ذراعَيْها وأبوحُ لها بكلِّ الألمِ الّذي ينهشُ أعماقي، لكنّي أعرفُ أنَّ سِرّاً كهذا لا يمكنُ أبداً أنْ يُباح.

صرْتُ رغْماً عنّي أتجنّبُها، أختصرُ الأحاديثَ معها، أُحاولُ إبعادَها عنّي وإعادتَها إلى بيتِها وحياتِها كما كانتْ قبْلي.. لمْ أستطعْ أبداً إيجادَ أيِّ عُذْرٍ أو حُجّةٍ لِقسْوتي عليْها، ولمْ أقدرْ على احْتمالِ حُزْنِها ودُموعِها.. فقرّرْتُ هجرها كرصاصةٍ ثالثةٍ.. رصاصةٌ صوّبتُها بيدي تُمزِّقُ قلبى وتقتلُ فيَّ آخرَ بقايا الـ (أنا)..

بعْدَ بضْعةِ أيّامٍ كنْتُ أراها تنْهارُ بشدّةٍ، جسدُها يهزلُ وتغْزوَ وجْهها أماراتُ التّعبِ والبُكاء، كنْتُ أحْتقرُ نفسي على كلِّ ما سبّبتهُ لها منْ ألمٍ، حتّى إنّني لمْ أتمكّنْ منْ زيارتِها في المشْفى عنْدما انْهارتْ في الاجْتماعِ ذاكَ النّهارِ ولا حتّى اتّصلتُ للاطْمئنانِ عنْها.. كنْتُ أريدُها أنْ تكرهَني بشدّةٍ كي تتمكّنَ منَ الابْتعادِ عنّي، فلا هيَ تستحقُّ رجُلاً مثْلي، ولا أنا قدْ أُسامحُ نفْسيَ يوماً على ما قدْ عشْناهُ معاً في لحْظةِ عشْقٍ غامِرة.

خرجْتُ إلى سطْحِ المبْنى أنْفثُ دُخانَ سيجارَتي بصمْتٍ، أتأمّلُ ذلكَ الفضاءِ المُمتدِّ بلا حدودٍ أمامي، تُحاولُ اخْتراقَ سَمائهُ بعْضُ الأبراجِ العاليةِ، أبْراجٌ مُختلفةُ التّصاميمِ والألْوانِ تتنافسُ فيما بيْنها في الارْتفاعِ والفخامةِ لتُكسِبَ مدينَتنا شُهرةً واسعةً في الأناقةِ والبَهاء.

رنَّ هاتِفي وطالعَني في شاشتهِ اسْمها، عجبْتُ لاتّصالِها بي بعدَ قطيعتِنا، لكنّني لمْ أتمكّنُ منَ الرّدِّ لعجزيَ عن سماعِ صوتِها الّذي أفتقدهُ بشدّةٍ، رنَّ مرّةً ثانيةً وثالثةً ويدي ترْتجفُ تحْتَ وطْأةِ صراعِ القلْبِ والعقْلِ، قلْبيَ الّذي يعْشقُها يكادُ يجنُّ على مكالمَتِها والاطْمئنانِ عنْها، وعقليَ المُستبدُّ يرْفضُ أنْ يسمحَ لي بفتْحِ أيِّ بابٍ للتّواصلِ معها منْ جديد...

قاطعَ حبْلُ أفكاري رنينُ رسالةٍ نصيّةٍ منها أيضاً، ودونَ أنْ أفكّرَ هذهِ المرّةِ المرّةِ فتحتُها..

لمْ يكنْ فيها أيُّ كلامٍ.. مجرّدُ صورةٍ.. صورةٌ بدتْ لي أوّلَ الأمرِ غيرَ مفهومةٍ..

صورةٌ مُلْتقطةٌ من مكانٍ شاهقٍ، وفي الشّارعِ يتجمهرُ النّاسُ كلّهم ينْظرونَ صوْبَ الأعلى، تمايزْتُ المكانَ فاسْتدركْتُ أنّهُ الشّارعُ المقابلُ لعمارتِها، وهيَ قريبةٌ أيضاً من مبنى البنْكِ وبإمْكانيَ رُؤيتِها منْ على السّطْحِ، جريْتُ إلى الجهةِ الأخرى وإذْ بي ألمحُها منْ بعيدٍ كعُصفورةٍ تقِفُ على حافّةِ العمارة، لمْ أصدّقْ ما كنْتُ أراهُ، رُوح.. حبيبتي.. كيفَ تمكّنَ اليأسُ من دفْعِها للاقْترابِ منَ الحافّةِ أصلاً وهيَ تُعاني منْ رُهابِ الأماكنِ المُرتفِعةِ.. مجْنونةٌ هيَ حتْماً ستقْفز...!

أعدْتُ الاتّصالَ بها بسرعةٍ علّي أمنعُها ممّا هيَ مُقدِمةٌ عليهِ، فوجدْتُ خطَّها قدْ أصْبحَ مقْفلاً.. لمْ أعرفْ كيْفَ قفزْتُ بخطوتَينِ صوْبَ السّلالمِ ومنْ ثُمَّ المصعدِ، أضْغطُ على أزرارِهِ بجنونٍ وأحثُّهُ على الإسْراعِ أكْثر.. بدأْتُ أجري وقلْبي يصْرخُ ويناديها ويُصلّي أنْ نصِلَ إليها قبْلَ أنْ يسْبقَنا الموتُ إليها.. تعثّرْتُ ثلاثَ مرّاتٍ منْ شدّةِ ارْتجافِ ساقيَّ، من غمامةِ الدّمعِ

الّتي تُغشي عينيّ، منْ ألمي، منْ نَدمي، منْ خَوفي ومنْ آآآآهٍ لا
أحدَ يسْمعُها..

وصلْتُ إلى الشّارعِ المُكتظِّ بالنّاسِ المُتزاحمين على مُشاهدةِ
لحْظةِ سُقوطِ تلْكَ النّجمةِ البرّاقةِ وتوْثيقها في أجهزتِهم
المحمولةِ، أحدُهم كانَ يُصفّقُ لها ويدعوها للقفْزِ وهوَ يبْدو
مخْموراً منَ السّعادةِ، غيْرَ مُكترثٍ بروحٍ قدْ تُزهَقُ في لحْظةٍ
وثلاثةُ أطفالٍ سيُصيبُهم يُتْمٌ وحزْنٌ لا نهايةَ له.. لا أدرِ كيفَ
لكمْتُهُ في وجهِهِ حتّى سقطَ أرضاً منْ هوْلِ دهْشتِهِ، تجاوزْتُهُ
وواصلْتُ اخْتراقَ صُفوفِ النّاسِ حتّى أصِلُ إلى مدْخلِ العمارةِ،
كانتْ سيارتا الشّرطةِ والإسعافِ قدْ وصلتا إلى المكانِ وأغلقتا
بابَ العمارةِ، انْتشرَ بعْضَ رجالِ الشّرطةِ محاولينَ إبْعادِ النّاسِ
عنْ الرّصيفِ وتطْويقِ المكانِ بالشّريطِ الأصْفرِ، فريقٌ آخرٌ منَ
الإنقاذِ يحاولُ إعدادَ شيءٍ ما لِحمايتِها عنْدَ السُّقوطِ، سيّدةٌ
أنيقةٌ تحْملُ مذْياعاً تحاولُ التّحدّثَ معها وتهدئتها وثنْيها عنِ
القفْزِ، ثمَّ فريقٌ منَ المراسلينَ الصّحفيينَ والمصوّرينَ بدأ
يتقافزُ أمامَ البناءِ لكسْبِ هذا الحدثِ الصّحفيّ..

كلُّ مشغولٌ في وظيفتِه ليسَ إلّا، لا أحدَ منهُم يكترثُ فعْلاً
إنْ نجتْ رُوحٌ أو ماتتْ، الكلُّ بعدَ دقائقَ سيشْهدُ الأمْرُ ويعودُ
إلى بيتِهِ أو عملِهِ ويُكْملُ يوْمهُ دون أدنى اكْتراثٍ بما حصلَ حقّاً،

موتُ إنسانٍ مجهولٍ قد يشكّلُ أهمّيةً لثوانٍ، دقائقَ، ساعاتٍ ليس إلّا، تستمرُّ الحياةُ بعدهُ وتتخطّاهُ دونما أيّ التفات.

شعرْتُ بطوقِ الجماهيرِ والشّرطةِ والصّحافيين كأنّهُ قيْدٌ يشدُّ على يدي وعُنُقي ويقيّدني بكلِّ عجْزٍ في مكاني، أحاولُ أن أناديَها بملءٍ صوْتي تخْذلُني حنْجرتي، أعلمُ بأنّها لا تراني هُنا منْ هذا العلوِّ الشّاهقِ الّذي نبدو لها منهُ كمجموعةٍ منَ النّملِ تتجمهرُ حوْلَ فُتاتِ الخُبْز.

تذكّرتُ البابَ الجانبيّ الّذي تدْخلُ منهُ حينما كنّا نعودُ معاً، قلّةٌ منَ النّاسِ يسْتخدمونهُ ولمْ تنْتبهْ لهُ الشّرطةُ بعد، تحرّرتُ منْ قيدي وطرْتُ أجري قدمي تسبقُ جسدي، التفتُ حولَ العمارةِ وتمكّنتُ منْ مُغافلةِ الجميعِ والتّسللَ منْ هذا الباب، كانتِ الشّرطةُ تحاصرُ المصاعدَ وأوقفتها عنِ العمل، لا أحدَ يخْرجُ منَ العمارةِ ولا يدخلُ إليها، حسناً.. وإنْ تكُنِ العمارةُ ألفَ طابقٍ سأصْعدُها جرْياً، وعلى كلِّ درجةٍ تركتُ دمعةً ودُعاءً كي ينتظرَ ملاكُ الموتِ بضعَ دقائقٍ أخرى ربّما تُغيّرُ منْ أقدارنا.

وصلْتُ أخيراً إلى بابِ السّطحِ والشّللُ قدْ مزّقَ عضلاتِ ساقيّ وقطعَ أنفاسي، لا بأْسَ سأزْحفُ إليها إنْ تطلّبَ الأمْرُ، فتحْتُ البابَ ورأيتُها مقابلهُ لا زالتْ تقفُ، تفردُ يدَيْها كجناحيّ عُصفورةٍ على وشْكِ الإقدامِ على مُحاولةِ الطّيران الأولى، كانتِ

الرّيحُ تعبثُ بشعرِها وترْفعهُ، وأنا أُناجي الرّيحَ كي تهدأَ قبْلَ أنْ تُوقِعها أرْضاً..

زحفْتُ على مهْلٍ وبكلِّ حذرٍ كي لا تجفلَ منّي، في كلِّ شبْرٍ كنتُ أقتربُ منها أشعرُ بضرباتِ قلبي تكادُ تنفجرُ في أعلى رأسي، أحاولُ استجماعَ رباطةِ جأشي وأتلو ألفَ صلاةٍ في الثّانية.. كانتْ تلْكَ أكثرُ لحظةٍ أحتاجُ اللهَ فيها وأصْدقُ لحظةِ إيمانٍ..

"سامِحوني.."

وبدأ جسدُها الهزيلِ يخِفُّ وزْنهُ أكثرَ ويميلُ صوبَ الأسفلِ، الرّيحُ تصفّرُ ساخرةً منّي محقّقةً انتصارَها على يأسِ مُحاولتي، في أجزاء منَ الثّانيةِ تمايلتْ أكثرَ حتّى غدا أغلبُ جسمها خارجَ حدودِ العمارةِ في فضاءٍ يفضي إلى موْتٍ ساحقٍ.. في أجزاءٍ منَ الثّانيةِ كانتْ بينَ ذراعيَّ أُطوّقُها بكلِّ قوّتي ونحنُ مرميّانِ على سطْحِ العمارةِ في صمْتٍ وذُهولٍ ودُموعٍ جارفةٍ تُغرقُنا.

تائهٌ أنا، مُمزّقٌ والنّدمُ يغتالُني، يتيمٌ للمرّةِ الثّانيةِ من دونِها..
شريدٌ غريبٌ نكرةٌ كورقةِ شجرةٍ يابسةٍ تتقاذفُها الرّياحُ في
الطّرقاتِ.. طُرقاتٌ مشيناها سويّةً وضحكنا معاً.. يا ضحكتِها
كمْ لها أشْتاق...!

لمْ أعدْ أعرفُ شيئاً عنْها بعدَ أنْ فارقْتُها في ذلكَ اليومِ
المشْؤوم، هلْ هيَ بِخير؟ هلْ تخطّتْ حُزْنَها؟ لمْ أعرفْ عنْ
حمْلِها إلّا بعدَ أنْ قرأْتُ قصّتَها.. طفلُنا المِسكين؟ لسْتُ أعرفُ
إنِ احْتفظتْ بهِ أو غادرنا لعالمٍ أفضل يستحقّهُ أكْثر.

قولوا لها أنّي آسفٌ.. على كلِّ دمعةٍ بكتْها يوماً بسببي، على
كلِّ جرْحٍ مسّها منْ حماقَتي.. على كلِّ خَطوةٍ مشتْها فوقَ النّار
لأجْلي.

واسْألوها.. هلْ ستغفِر؟

هاشِم

أبداً لن تنساني..
أبدٌ منَ النّدمِ..

اعْترافٌ أخيرٌ

24 ديسمبر.. بعدَ عام..

اليومَ أكملتْ عامَها الأوّل.. صغيرتُنا (قمر)..

قولوا لهُ جميلةٌ جداً هيَ كما تخيّلناها.. لها لونُ عينَيْهِ الخُضْر وبريقَهُما..

قولوا لهُ إنّي قد غفرْتُ.. ولكنْ..

أتُراهُ اللهُ قدْ يغفِرُ لنا؟ أمْ ستبْقى اعْترافاتُنا.. اعترافاتٍ غيرَ قابلةٍ للغُفْران؟

روح

تمت